Laughing at Cangshan

笑苍山

余耕 著

天津出版传媒集团
百花文艺出版社

图书在版编目（CIP）数据

笑苍山 / 余耕著. -- 天津：百花文艺出版社,2020.4
ISBN 978-7-5306-7879-4

Ⅰ.①笑… Ⅱ.①余… Ⅲ.①长篇小说-中国-当代
Ⅳ.①I247.5

中国版本图书馆 CIP 数据核字(2020)第 050894 号

笑苍山
XIAO CANGSHAN
余耕 著

出 版 人：薛印胜
选题策划：唐 嵩 刘 勇
责任编辑：唐 嵩 李 楠
封面设计：丁莘苡 **版式设计：**郭亚红
营销专员：李 彤
出版发行：百花文艺出版社
地址：天津市和平区西康路 35 号 **邮编：**300051
电话传真：+86-22-23332651（发行部）
+86-22-23332656（总编室）
+86-22-23332478（邮购部）
主页：http://www.baihuawenyi.com
印刷：山东新华印务有限责任公司
开本：787×1092 毫米 1/32
字数：90 千字
印张：5.5
版次：2020 年 4 月第 1 版
印次：2020 年 4 月第 1 次印刷
定价：32.80元

如有印装质量问题,请与山东新华印务有限责任公司联系调换
地址:山东省济南市高新区世纪大道 2366 号
电话:(0531)82079100 邮编:250104

序

余耕是我多年的朋友，很喜欢他的小说《古鼎》和《金枝玉叶》。他的小说《如果没有明天》被改编成话剧《我是余欢水》，在北京上演二百余场，据说同名网剧也将于近期上线，我非常期待。

余耕的新作《笑苍山》出版在即，他希望我为新书写序，就像我希望他写一部森林公安的小说一样，只不过我没要求他时间，他却要求我两天完成。从来没有为别人的书写过序，特别像余耕这样有个性的作家，我有些紧张，好在《笑苍山》写的是我熟悉的森林公安这个职业里的一些故事，只好硬着头皮从命了。

2015 年夏天，我和余耕陪着电影《大王派我来巡山》的编剧、导演万弘杰去云南屏边选景，路过蒙自时偶遇大理州森林公安局局长杨纯，我把杨纯以及他在大理苍山救助意大利游客,并获意大利阿尔卑斯国际团结奖——银普莱格奖的故事介绍给了余耕和万弘杰，他俩当时很有兴趣。那天,我们在蒙自宾馆聊了整整一个晚上,喝了不少酒,还有我带去的“东半山”普洱茶。杨纯喝醉了,余耕却很清醒。之后,我和余耕、编剧梁冬还专门去了一趟大理,拜访了杨纯局长,亲自上苍山走当时的救援路线,听杨纯现场介绍,感受救援时的惊心动魄。这正是《笑苍山》故事的由来。

《笑苍山》出版,正好是全国森林公安转隶时期,也就是说原来由林草部门管辖的以保护森林、野生动物等自然生态环境为己任的这支森林公安队伍全部移交公安机关统一领导指挥,职责任务不变,“以林为业,以警为荣”的历史结束。

云南森林公安诞生于改革开放初期，今年正好组建40年,最早是从林业部门派生出来执行公安业务的一个机构,像书中的主人公杨苍山一样,出生时不顺,带来日后命运坎坷，历经了从杂牌军到边缘警种到不受人待见到维护生态文明的主力军的发展变化。尽管如此,到现在还有许多人不认识这支队伍,不了解森林公安的作用有多么不可替代，不理解他们所从事的事业对于人与自然和谐发展的非凡意义。云南号称“动植物王国”，是生物多样性富集的地区，他们跋山涉水穿越密林，足迹遍布地球纬度最低的雪山和地球纬度最高的热带雨林；他们边境巡逻设卡堵截犯罪，奋战在长达4060公里的边境线上；他们奋战火海舍生忘死，为铸就国土生态安全屏障洒下了热血和汗水，献出了青春和生命。他们中许多人长年远离城市的喧嚣，孤守大山深处，没有什么花前月下、岁月静好，只有山川做伴、寂寞为伍，执着和坚守是他们优秀的品质，对大自然的热爱是他们不变的情怀。透过纯净质朴的他们你会感受到天空的蔚蓝、雪山的洁白、河流的清澈。

我很喜欢《笑苍山》中不爱说话的长着一张冷脸的队长老黎，虽然笔墨不多，但是一个活生生的森林公安民警的形象跃然纸上：面对战友，面对罪犯，面对生死，面对凶猛的野生动物，果断而不拖泥带水，平静而不惊慌失措，熟练的动作，简洁的语言，彰显了一种热爱生命、看淡生死、把大爱深藏于心的品质和胸怀，在他身上我看到了人性的光辉。

新冠肺炎疫情还没有过去，它带给我们的重要议题之一便是如何看待人与自然的关系。

曾经，我们觉得“保护野生动物，保护生态平衡”是国家的事，与己无关，直到面对灾难，才引发我们更多的思考，才真正领悟到保护野生动物的真谛是保护我们自己。森林草原、花鸟鱼虫、飞禽走兽，天人合一，人和自然的关系和生命的轮回都有规律可循，敬畏天地、守护自然应成为根植于人们内心的品质，形成社会的共识，这在今天现代社会里显得尤为重要。

希望疫情早点过去，抱持对自然的敬畏和尊重，是我们与世界共存的前提。

在病毒肆虐全球的当前，《笑苍山》的出版可谓恰逢其时，余耕演绎故事的能力自不必说，难能可贵的是他在故事里倡导的人与自然和谐相处的理念，希望它会引导更多读者进行自省和反思。

云南省森林公安局郝万幸

2020 年 3 月

“不要忘了，我们入警的誓言，还有当年穿上警服的初心。”

一

杨苍山生就一副笑脸，逢人便与人笑，不逢人时自己笑。醒着笑，睡觉也笑，有时候还能把自己从梦里笑醒。深更起夜时，杨苍山站在马桶前，微笑着思考：自己刚才是笑醒的，还是被尿憋醒的。

之所以说杨苍山生就一副笑脸，是因为这张笑脸是在娘胎里造就的。但这事儿不能怪他妈，要怪就得怪那个毛手毛脚的助产士。杨苍山出生时有点困难，他妈上了产床两个钟头，杨苍山大概是在产道里睡着了，死活不肯露头。医生有点着急，让助产士下产钳。助产士把产钳下得太深，钳头抓住了杨苍山的两个脸颊，稍一用力就把胎儿拉成了笑脸。在牵拉的过程中，产钳伤及了胎儿的面部神经，于是，杨苍山就变成了一副永恒的笑脸。

这张笑脸，给杨苍山带来好运气，也带来过坏运气，但是，带来更多的是不好不坏的尴尬。上中学时，有一次春游，班主任踩到一块香蕉皮，摔个四仰八叉。同学们都在做悲悯心痛状时，杨苍山微笑着上前把班主任扶起来，班主任就此怀疑是他扔的香蕉皮，整整给他穿了一个学期小鞋。

一年之后的暑假里，杨苍山在街上看到班主任被一辆闯红灯的摩的撞得鼻口蹿血，当场晕过去。杨苍山蹲在班主任身边，挡着路口过往的车辆，一直守护到班主任的丈夫到来。班主任的丈夫没来得及查看老婆的伤，看见杨苍山脸上一副笑眯眯模样，扬起手便给了他一个大耳刮子。

杨苍山微笑着读完高中，微笑着考入了警官学院。在大学里，微笑象征着青春，微笑代表着正能量。否极泰来的杨苍山，用他独特的微笑征服了老师，也征服了同学，当上了校学生会主席。能做学生会主席，仅仅靠微笑是不够的，杨苍山的各科成绩也很优秀。他微笑着举枪，五枪打出四十九环。在全校七十公斤级散打比赛中，他微笑着击倒所有对手，又微笑着扶起所有对手。由于各科成绩优异，杨苍山大学毕业后被分配去了大理市公安局，进了专破大案要案的刑侦一大队。

警官学院四年时间，杨苍山大概是把自己的好运气透支完了。他进入一大队不到一个月，大理发生了一起杀人抛尸案，案件久侦未破，市民反响强烈。局领导班子进驻一大队，亲自督队办案。在一次案情分析会上，分管局长忍不住发火，把一大队从上到下批了一通。大队长和全体队员正襟危坐，低着头大气不敢出一下。副局长发完火，环顾四周，发现了低头微笑的杨苍山。副局长搞政工出身，办案子不太在行，所以很介意人家拿他当外行。副局长拍案而起，走到杨苍山跟前，问道：“你笑什么？”

杨苍山心头一慌，脸上的笑容更大了，他立刻起身，笑着对副局长说：“我没有笑。”

副局长忍住怒气说：“你还在笑。”

杨苍山说：“我……”

副局长一扬手：“你不用解释了，我知道你们科班出身搞刑侦的，瞧不上我这个搞政工的。好吧，那就让我听听你这个刑侦系高才生的真知灼见，你来说说，这个案子应该怎么搞？”

一时间，杨苍山微笑着僵立在会场中间，坐也不是，站也不是。他明白，今天不说出个一二三四，就过不了副局长这一关。好在杨苍山对案情很了解，对这个案子的侦查方向也早有自己的看法，索性今天全都撂出来，摆到桌面上供大家分析。打定主意，杨苍山清了清嗓子，微笑着侃侃而谈："'7·19'杀人抛尸案有两个点是清晰的，第一点，向阳水库不是第一现场，只是抛尸地点。第二点，抛尸时间是深夜，而且是雨夜。综合以上两点，我们不应该把大部分警力放在向阳水库周边搞地毯式走访，因为下雨的深夜，几乎不会有目击者出现在偏僻的向阳水库。"

副局长已经走回到自己座位，坐下来问杨苍山："你觉得我们应该把警力放在哪儿？"

杨苍山看着副局长，微笑着说："从皮肤、手掌、手指和婚戒印痕分析，死者不是体力劳动者，而是长期居住在城市的中高产阶层，所以，我们应该把警力撤回城里，重点排查失踪人口。"

副局长倒也从善如流，他觉得杨苍山分析得有道理，当即拍板把所有警力撤回城里，排查失踪人口。杨苍山的建议虽然被副局长采纳了，但也坐实了一件事：他笑得不单纯。不单纯的笑，又生出两个解释：一是笑副局长外行，二是笑刑侦一大队侦破方向有问题。

接下来，仅用了半个月时间，“7·19”案杀人凶手被抓捕归案。死者是本地人，一家土特产贸易公司的小老板，刚刚离婚。凶手是他雇用的两个乡下人，因为拖欠劳务费在店铺里发生口角，两个人失手打死老板，当夜趁着下雨抛尸向阳水库。

“7·19”案告破，一大队该立功的立功，该嘉奖的嘉奖，唯独杨苍山无功无过也无奖，还被调离刑侦一大队，去第一监狱做了狱警。调离的原因，刑侦一大队的报告里写得很清楚：杨苍山办案时，神情不够严肃认真，不能对犯罪嫌疑人起到足够的威慑作用，拖延了预审时间。

杨苍山带着一肚子气和一脸神秘微笑走进第一监狱报到。监狱长偏偏是一张苦瓜脸，狱警见了发怵，犯人见了哆嗦。一张苦脸遇到一张笑脸，先天气场不合。杨苍山被监狱长安排去了第四监区，这里关押重刑犯，一个个都是难剃的刺儿头。最初几天，犯人们都像是看怪物一样盯着杨苍山的笑脸，大概是他们从来没有见过和颜悦色的狱警。一个姓梁的光头，往地上吐一口浓痰说：“刚出炉的嫩条子，看什么都新鲜，用不了三天,都变成监狱长一样的苦瓜脸了。”

三天过去了,三个月过去了,三年过去了,杨苍山笑容依旧,他没有变成梁光头预言的苦瓜脸,虽然他很想拥有一张苦瓜脸。乐观成性的杨苍山一扫初来时的沮丧,他用微笑征服了第四监区,所有犯人见了他都回以微笑,乐呵呵地喊他一声“杨管教”。第四监区的犯人都愿意跟杨苍山交心,谁家里有难事儿,也会找杨苍山帮忙解决。自从当了狱警,杨苍山的双休日全都用来帮犯人解决家务了,从农忙到修房子到垒猪圈。最远的地方,杨苍山去过六盘水,带着梁光头他妈去医院做过白内障手术。梁光头犯的是人命案子,判了无期徒刑。去六盘水前,梁光头叮嘱杨苍山:“听说我老婆给我戴了绿帽子, 杨管教您帮我扫听扫听,看看是不是真事儿。”

给梁光头他妈做完白内障手术,临离开六盘水的时候, 杨苍山把梁光头的担心告诉了梁光头的老婆。梁光头的老婆倒也坦荡,她对杨苍山说:“他自己不争气怪得着谁,我这坐地吸土的岁数,总不能靠着挠墙过日子吧。”

杨苍山挠挠头, 笑着对梁光头的老婆说:“这样吧,等我回去给你寄一个工具来。”

梁光头的老婆把杨苍山的微笑会意成了淫笑，立刻眉眼含春："什么工具能比得上人……"

杨苍山逃也似的离开六盘水，回到监狱，他就差把梁光头的老婆夸成贞洁烈妇了。梁光头听了心满意足，开始踏踏实实服刑改造。当天晚上，杨苍山走进一家成人用品店，挑了一只最大号的"嫂子乐"，邮寄去了六盘水。

三年过去了，杨苍山把一份紧张而无趣的狱警工作干得有声有色，每日里忙忙叨叨，比他做刑警的时候还累。三年来，杨苍山总共为第四监区十一名犯人撰写提交了减刑报告，九人获得批准。梁光头是这批犯人改造得最好的，但是他当初的犯案性质比较恶劣，始终没有得到减刑。最近半年来，梁光头有些心灰意冷，起了破罐子破摔的念头。杨苍山一直在鼓励梁光头，让他心怀希望，因为家里还有一个贞洁烈妇老婆在等着他。梁光头说自己的罪孽太重，估计这辈子要把牢底坐穿了。梁光头还说，就他自己犯的罪，坐一辈子牢也不委屈，可这两年来，越来越想他妈了。说到这里，梁光头抱着光秃秃的脑袋呜呜地哭起来。杨苍山从小就没了母亲，他知道想妈的滋味。杨苍山拍了拍梁光头的光头，笑着对梁光头说："人活着，要有念想，找机会吧，我会帮你想办法的。"

七月是大理最热的月份，不知道什么人把两头死猪扔在监狱墙外，死猪高度腐烂后，臭气熏天。苦瓜脸监狱长捏着鼻子，让杨苍山带几个犯人去把两头死猪处理掉。这种在监狱外面的临时工作，一般不会安排重刑犯去做，监狱长被臭味儿熏坏了脑子，居然把活儿派给了第四监区。杨苍山思索片刻，点名带了六个比较听话还能干活的犯人，其中包括梁光头。杨苍山携带好枪械，与另外一名狱警，两个人押解着六名犯人，开着一辆小货车出了监狱大门。

六名犯人轰开一群手指头大小的绿头苍蝇，把两头生蛆流汤的死猪抬上货车，然后开车去了一处垃圾场掩埋。一路上，饱受恶臭气味侵熏，车子开到垃圾场，有两名犯人禁不住呕吐起来。另外一名狱警突感不适，捂着肚子先行去找厕所了。就在这时，杨苍山也感觉腹部一阵绞痛，整个身体开始抽搐起来，他瞬间扑倒在地上。由于疼痛，杨苍山的脸几乎变了形，但依旧保留着笑意，看上去十分诡异。一名刚才呕吐的犯人直起腰来，走到杨苍山的跟前，从他腰间的枪套里拔出手枪，眼神中满是游离的神色。梁光头走过去，伸出手来，示意那名犯人把枪交给他。呕吐的犯人摇摇头，说这是难得的越狱好机会，他建议大家开着车跑路。那名犯人话音未落，梁光头一拳打到他的脸上，劈手夺过他手里的枪，对其余五名犯人说："杨管教平日里待咱们不薄，咱们这么跑了，他这辈子就完蛋了，咱们能干这么没屁眼的事儿吗？"

其余四名犯人，或低头不语，或附和称是。梁光头拿着枪，指挥着五名犯人把烂猪卸下，把杨苍山装上车，他亲自驾车，把杨苍山送进医院。杨苍山被送进急诊室，诊断为急性阑尾炎，必须马上做手术。等杨苍山进了手术室，梁光头提着手枪，押解着五名犯人来到医院门口电话亭，给苦瓜脸监狱长打了电话。十分钟后，荷枪实弹的警察包围了医院，把梁光头等六名犯人押回监狱。

一周之后，杨苍山做完阑尾切割手术康复出院。一个月之后，梁光头减刑，由无期徒刑减为二十年有期徒刑。杨苍山受到了处分，因为他把重刑犯带出监狱，而且所持枪械里面没装子弹。又过了一个月，杨苍山被调离监狱。这次调离的原因，狱警们私下有两种说法：一是说杨苍山跟重刑犯们走得太近，时间久了会出大事；二是说杨苍山故意做局，为梁光头争取了减刑机会。

人事部门找杨苍山谈工作调动，给了他两个选择，要么去交警队，要么去森林公安局。人事部门的人补充了一句，说交警队总是罚款，很适合你这张笑脸，能够缓解司机的不良情绪。杨苍山的眼神里充满了懊恼：搞来搞去还是因为自己这张笑脸。

杨苍山满眼沮丧地微笑着，他对人事部门的人说："我去森林公安局。"

人事部门的人问道："你为什么选择去森林公安局？"

杨苍山压根儿就没有想过自己为什么要去森林公安局，他只是想宣泄一下自己的不满：你们建议我去交警队，我偏去森林公安局。

直到人事部门的人问他为什么选择森林公安局，他才去想森林公安局的状况：森林警察不就是护林员吗？每天工作面对的是高山、峡谷、森林……好像还有各种野生动物，是公安系统中很边缘的警种。

人事部门的人又问了一遍："你为什么选择去森林公安局？"

杨苍山回过神来，说:“森林里的猴子和野猪,它们应该不会讨厌我笑,也不会问我笑什么。”

说完这句话，杨苍山含笑的脸颊上滚下两行泪水。

二

进入森林公安局后，杨苍山的心情也跌落到了谷底。虽说还是穿着警服，但距离他少年时的警察梦想渐行渐远。小时候，他觉得警察就应该破案抓坏人，一手手枪，一手手铐，所以，他才会在高考的时候，毫不犹豫地报考警官学院。毕业时，综合科目考试，杨苍山名列应届毕业生第二名，是全校师生公认的明日警察之星。毕业七八年之后，大学里那些成绩远在他之后的同学，有的当了官，有的立了功，一片锦绣前程。唯独杨苍山，从刑警到狱警，再从狱警到森警，无功无禄，一路微笑着走低。

杨苍山变了，变得越来越不喜欢跟人打交道，不管是同事还是领导。他觉得，造物主用一张笑脸为他的悲剧人生做了个封面，翻开第一章节便已明了，悲剧主人公的一生充斥着误解、误会、纠结、尴尬、失落、失败。还有什么能比一眼望穿自己的人生更沮丧的事呢？只有一样，一眼望穿的不仅是人生，还能清晰地看清悲剧的结尾。杨苍山喜欢上了喝酒，他每天下班后，在办公室换上便装就一个人去小酒馆，自斟自饮把自己喝个烂醉。喝醉后的杨苍山，脸上仍旧挂着笑意，跟大多数醉酒男人的僵硬笑脸已毫无二致。那个曾经被老师和同学寄予厚望的明日警察之星，泯然众酒徒矣。

老黎是森林公安局的老警察，从警二十多年，现在是外勤队的队长。老黎生性不苟言笑，哪怕是跟局长说话，也是板着一副生硬的冷面孔，在外人看来，他更像是局长。好在局里的人都了解他的秉性，也就没有人介意老黎的冷脸。老黎离婚了，有个十六岁的女儿跟着老婆生活，他每个月去看女儿一次，顺便留下生活费。外勤队传言，说是老黎的老婆受不了老黎的冷脸，在外面有了外遇，才是最终导致二人离婚的原因。关于离婚的事儿，老黎从来不提半个字，所以大家只能靠猜测。老黎每天坚持穿警服上下班，而且是步行，因为他家距离办公室只有两公里半的路程。森林公安局其他人都不愿意穿警服上下班，因为穿上这身警服，遇到有人求助或者报警就得管。森林警察不同于地方警察，执法权限有限制，管少了不合适，管多了超出权限。为了避免尴尬，大家都是着便装上下班，到了办公室之后才换警服。

杨苍山进入森林公安局后，一直跟着老黎出外勤。一张冷脸和一张笑脸搭配在一起，既没有产生喜剧效果，也没有出现气场不合。有时候，两个人巡山跑一天山路，谁都不跟谁说一句话。半年下来，两个天天在一起的工作搭档，跟陌路人差不了多少。

对于工作，杨苍山抱定了一副死猪不怕开水烫的姿态，不求有功，但求无过，完成分内工作，其他事情不管不问也不琢磨。杨苍山决心做一头死猪的心理依据是：谁让我生就一副笑脸来着，谁让领导心虚，不喜欢笑脸来着。

这年冬天，一场大雪过后，外勤队全部队员上山，严控雪后上山偷猎者。老黎主动挑了海拔高度最高、路线最难行走的马龙峰，带着杨苍山一早就出发了。像往常一样，两个人一路上各走各的路，没有任何交流。走到雪线的时候，老黎从地上捡起一根竹竿递给杨苍山。杨苍山问,拿竹竿做什么用。老黎用竹竿捅着地上的积雪,头也不抬地说:“大雪盖住了石窟,走到吃不准的地方,先拿竹竿捅一捅。如果没留神踩进石窟里,还能把竹竿横在洞口,救自己一命。”

中午时分,两个人终于上到马龙峰,峰顶上狂风像针一样,似乎能穿透衣服,吹得皮肤冷冷地疼。老黎拿着望远镜四下瞭望,找寻偷猎者的踪迹。杨苍山则悠闲地望着脚下的洱海和古城,欣赏着云谲波诡的大理风光。突然,举着望远镜的老黎说有情况,他把望远镜递给杨苍山,指着峰顶下方一处山坳让杨苍山看。杨苍山接过望远镜,顺着老黎手指的方向,果然发现山坳森林里有一缕似有似无的青烟冒出来。两个人急忙下山,顺着青烟的方向走过去。那一缕青烟时断时续,风大的时候,青烟升不起来,全然不像是森林火灾。大概花两个小时,老黎和杨苍山才找到冒青烟的地方,原来是一个中年男人所为。中年男人躺在森林的雪地里一动不动,身边是一件点燃的毛衣。距离中年男人不远处,散落着一支双管猎枪。再稍远的地方,地上躺着一只云豹,也是一动不动。中年男人看到穿着警服的老黎和杨苍山后,用两只手撑地,挣扎着要坐起来。老黎先走过去,捡起地上的双管猎枪,发现里面只剩下一颗子弹。老黎拿着枪，走到中年男人面前问道："是你打死的豹子？"

中年男人脸上露出很不自在的愧色："豹子还活着，我用了麻醉针。"

老黎又问道："你怎么了？"

中年男人说："豹子中了麻醉针，朝我扑过来，我没办法才开了枪，从坡上摔下来后，我的两条腿就不能动了，所以，我烧了一件毛衣，看看有没有人来救我。"

杨苍山走到云豹跟前，看到云豹果然还有呼吸，但是一只眼睛上插着吹管射出来的麻醉针，后腿处有一处枪伤，还在流血。老黎拔出云豹眼睛里的麻醉针，从口袋里面掏出一瓶云南白药，敷在云豹的两处伤口上。杨苍山走到中年男人面前，狠狠地踢了他大腿一脚："这么漂亮的豹子，你干吗非要射它的眼睛？你不知道云豹是国家一级保护动物吗？"

中年男人腿上挨了一脚，没有任何反应，他懊恼地说："就因为是一级保护动物才值钱嘛，我哪里射得那么准，我的吹管瞄准它的屁股，结果射到了眼睛。它扑我的时候，我瞄的是它的脑袋，结果打到了屁股。"

老黎蹲下身来，拿着麻醉针管在中年男人腿上扎了一针，中年男人依旧没有反应。老黎说："你这是自作自受，应该是摔断了脊椎骨，下肢神经完全没有反应。"

老黎翻开中年男人的背包，从里面找出一把砍刀和一捆绳子，然后就地砍倒两根竹子，劈开竹子后做了简易雪橇，把中年男人和那只云豹捆在雪橇上。剩余的绳子，老黎截成两段，分别拴在雪橇两端。杨苍山木木地站在一旁，看着老黎有条不紊地张罗着，几乎无从插手，老黎也没有让他插手。收拾停当后，老黎把一根绳子交给杨苍山，说："你在前面拉，我在后面控制平衡，走一段再换过来。"就这样，两个人驮着中年男人和云豹上路了。

转过一道山梁，老黎叫停了杨苍山，说："这段路石窟石缝多，我对马龙峰比你熟悉，我在前面拉，你在后面拽着。"

杨苍山没有说什么，顺从地接过雪橇后面的绳子。进入森林公安局以来，杨苍山对于工作的态度就是如此，你们怎么说，我就怎么干，既不主动，也无热情。想到自己曾经在大学里对美好前程的憧憬，而今却只能跟山、跟树、跟动物打交道，他禁不住悲从中来。

翻过山梁之后，是一个陡峭的下坡，杨苍山正沉浸在自己悲愤难诉情绪里，突然觉得手中的绳子一紧，瞬间脱手。雪橇失去了后力的掌控，迅速往前冲去，一人一豹加上一个雪橇的重力加速度砸向下方的老黎。雪橇砸中老黎后，带着老黎又往前滑行了二三十米，才缓缓停住。在后面追赶雪橇的杨苍山，突然看到雪地上留下一条刺眼的血迹，心知不妙。等他追赶上雪橇后，才发现雪橇的一根竹片刺穿了老黎的大腿。

杨苍山一个劲地向老黎说着抱歉，雪橇上的中年男人也忙不迭地说着对不起之类的话。老黎一声不吭，脸上却渗出豆大的汗珠子。杨苍山解开雪橇上的中年男人和云豹，然后问老黎怎么办。老黎说，你把雪橇拆开，把插进我大腿的竹片横在地上，让我能够侧躺下来。杨苍山依照老黎说的，把竹片单独拆出来，横在老黎的身下，紧张得出了一身汗。老黎摸索着掏出一包香烟，自己点上一根，又给杨苍山和中年男人各分了一根。杨苍山本来不抽烟，由于紧张，他下意识地跟着抽起了香烟。老黎抽完一根烟，用随身带的小折叠刀割开裤管，把云南白药瓶递给杨苍山。杨苍山接过药瓶，在老黎大腿前后两处伤口上敷药，血流才渐渐止住。老黎松了一口气，依旧冷着面孔，他指着中年男人对杨苍山说："马上到雪线了，雪橇也没用了，你背着他先下山。"

杨苍山说："不行，我得先救你。"

老黎说："我是皮肉伤，没什么关系，他伤的是神经，耽搁久了，下半辈子就瘫床上了。"

杨苍山说："他是个罪犯，我凭什么先救他。"

老黎说："你是警察，所以要先把罪犯带下山。"

杨苍山有些愤慨："救他还不如先救那只豹子。"

老黎冷着脸摇摇头："任何时候，人命都比国家一级保护动物的命金贵，就算他犯了法。"

最终，杨苍山还是听从了老黎的话，背着中年男人先下山，他几乎是用一路小跑的方式下的苍山。下山路上，他不停地试着用对讲机联系森林公安局值班室，快到进山收费站的时候，对讲机才进入有效通话距离。此刻，天色已经渐渐暗下来，刚刚归队的外勤队员听说队长老黎受伤了，无须领导下指示，全体队员迅速往马龙峰集结救援。杨苍山把中年男人交给景区派出所的警察，让他们帮忙送医院抢救，他旋即迈开大步，往山上奔去。

下山的时候，杨苍山把中年男人的双管猎枪留给老黎，还给他补充上了另一颗子弹。杨苍山担心老黎在雪地里太冷，还把昏睡的云豹拖到老黎跟前，让老黎倚靠在云豹身边取暖。杨苍山盘算着，自己以最快的速度下山，顶多用一个小时。下山后立即呼叫救援，同事们用两个小时赶上山，前后三个小时，老黎应该能够撑得住。杨苍山一边往山上狂奔，一边盘算着时间，他在心里无数遍宽慰自己：老黎没事，老黎没事！

杨苍山几乎是与外勤队同时赶到事发地的，在众多手电光里，首先映入众人视线的是雪地里四溅的血迹。当老黎出现在手电光里的时候，大家都震惊了，他的右手抓着双管猎枪，左半边脸和左半拉肩膀全都变成了血轱辘。杨苍山呼喊着老黎，扑上前去，跪倒在老黎身前。老黎睁开眼睛，冷着半边脸说："那家伙……麻药劲儿过了，趁着我……趁着我睡着了，咬了我……"

外勤队队员们用极短的时间做了一副担架，把老黎抬上担架时，脖腔里又溅出一股血。老黎抓住杨苍山一只手，有气无力地说："我怕是……撑不住了，一直、一直想跟你……聊一聊，可我天生一张……一张冷脸，谁都以为……我脸冷心也冷。”

杨苍山含泪点头：“黎队，不着急，等您好了，我们慢慢聊。”

老黎在自己仅剩的半边脸上挤出一丝颇像微笑的神情：“人生很长，不要有……有那么多抱怨……和愤恨，不要忘了，我们入警的……誓言，还有当年穿上警服的……初心。”

杨苍山的泪水滴落在老黎紧握的拳头上，他一边流泪一边笑着点头，对老黎说：“我记住了，黎队。”

老黎没有抢救过来，云豹咬破了他的颈动脉，因为失血过多导致休克性死亡。双管猎枪里的两颗子弹都在，他最终也没有向云豹开枪。老黎去世后，下关派出所做过一个统计，老黎每天上下班的这条路线上，十多年没有发生过任何刑事案件，只有几起治安处罚案件，都是老黎参与的。

又一个三年倏忽而过，杨苍山已经做了四年森林警察。

毕业八周年聚会，同学们询问班长杨苍山的近况，他微笑着自嘲说：“我这张脸，压根儿就不应该做警察。”

一位干法医的同学酒喝多了，他说道：“老杨这张脸，压根儿就不应该做中国人。”

班花问法医，班长为什么不应该做中国人。法医说：“有罪推论影响了中国司法很多年，这不是立法缺陷，而是中国人思维上的缺陷。我们习惯以恶意揣度别人，除了精神病之外，我们认为大多数人的笑，都是不怀好意的笑。”

同学们七嘴八舌地给班长出了很多主意，有些主意很恶毒，用意是挤对和报复在大学里独领风骚的班长。法医的建议稍微靠谱一些，他觉得杨苍山应该去韩国做整容，整成一副张东健一样冷酷的俊脸。

杨苍山真的把整容当回事了，他开始戒酒、攒钱、查阅大量的整容资料，发誓要跟过去的杨苍山告别。靠一份警察的工资，攒出一份整容的费用，谈何容易。杨苍山给几个搞刑侦的同学打过招呼，问他们有没有卧底的工作，他愿意付出改变容貌的代价完成任务。同学打趣道：“你是不是港匪片看多了？”

在九周年同学聚会上，法医最终识破杨苍山的不良居心：“班长是在谋划公款整容。”

整容费用堪堪攒够的时候，正赶上英国的小公主路易斯·温莎在温莎城堡接受洗礼，父亲微笑着把路易斯公主抱在怀里的照片传遍全世界。看到照片的那一刻，杨苍山浑身打了一个冷战：难道我要我的孩子将来看不到我的笑脸？

杨苍山的笑脸是面部神经受伤导致，他在查阅资料时发现，如果把自己的笑脸整成酷脸，那就像史泰龙一样不会再笑了。想到此处，杨苍山冒出一身冷汗，自此打消了整容的念头，因为他觉得温暖的家庭比仕途得失重要。

虽说不用再攒钱整容了，杨苍山也没有再捡起酒瓶子来。他用整容的钱在大理下关支付了一套商品房的首付款，他觉得不动产是增值的，整容是贬值的。自从老黎走了之后，杨苍山就戒了酒，他生怕自己喝多了酒，会想起老黎。

九周年同学聚会后不久，班花给杨苍山介绍了一个女朋友，叫周璇，在大理市质监局工作。周璇是班花的嫂子的表妹，比杨苍山大两岁。周璇个子高，长相好，皮肤还白，是正规大学本科生，工作后又做了公务员。周璇的父母都是大理市政府的机关干部，在大理算得上是有头有脸有家庭背景的人。

周璇拖到这个岁数没有嫁人，主要原因是她太挑剔。周旋挑剔也就罢了，偏偏她妈妈比周璇还要挑剔。同样是挑剔，母女二人挑剔的方向不一样。周璇挑剔男朋友是不是能跟自己想到一起、聊到一起、玩到一起。妈妈挑剔女婿家庭背景、经济状况、身高相貌。说简单一点儿，周璇要找一个有趣的灵魂，妈妈要找一个有前途的女婿。这些年来，遇到了有趣的灵魂，过不了妈妈那一关。遇到有前途的男人，过不了周璇这一关。母女二人挑来拣去，相互否定，谁都不妥协。

周璇见到杨苍山后，感觉这个高高大大的男人脸上始终挂着迷人的微笑，既阳光又开朗，又让人很有安全感。三十岁是女人心理上的一道坎儿，三十一岁的周璇有意无意地降低了择偶标准。她觉得杨苍山聪明、善良、热心肠，说话也风趣，可以做自己的男人。周璇降低了标准，妈妈却不肯轻易松口，她认为杨苍山没有家庭背景，也没有仕途前景，一个普通的森林警察比护林员强不了多少。大概是妈妈也考虑到女儿年龄渐大，对这个一脸和气的准女婿虽然没有认可，但也没有完全拒绝。

杨苍山喜欢周璇，觉得她比自己设想过的爱人还要完美。杨苍山心里清楚,他还没有得到周璇父母的认可,可他不知道该往哪里用力,只好对周璇越发热情。杨苍山很想尽快结婚,因为他记得有句话:在心里埋葬一个人最彻底的办法,就是接纳一个新人。杨苍山想用婚姻尽快埋葬心里的老黎,他总觉得自己是害死老黎的元凶。如果自己没有松开雪橇,老黎就不会受伤,老黎不受伤,他就不会把云豹拖到老黎身边取暖,云豹就不会在醒来的第一时间咬断老黎的颈动脉……

自老黎死后,杨苍山继承了老黎的习惯,每天穿戴整齐的警服上下班,连制式皮鞋都擦得锃亮鉴人。警服和皮鞋穿在外面,光鲜整洁倒也不新奇。新奇的是,他还要把警帽下面的头发梳理得一丝不乱,而后才会照着镜子戴警帽。并且,警帽帽檐的弧顶必须卡在鼻梁中线上。如此一来,杨苍山微笑上翘的嘴角,与帽檐保持了相同的弧度,形成了一张更大的笑脸。

从杨苍山家到森林公安局,要经过三条街和一座桥,大概有三公里的路程。杨苍山坚持每天走路上下班,一路上的商家店铺、小商小贩小偷小痞子都认识他。走路上下班也不是光走路,路上遇见闲事儿,杨苍山也会像老黎那样管一管。

有一天早晨，杨苍山经过兴盛大桥时，发现有一身着白衣的中年女性爬上桥塔准备自杀。途经车辆纷纷停下，司机们下车仰着脑袋看热闹，把大桥双向通道堵得死死的。下关派出所已经出警，管片民警小陈正拿着高音喇叭对着白衣妇女喊话。消防队的车辆在远处拉着警报，可是司机们只顾着看热闹，没有人挪车让道。杨苍山微笑着催促司机，让他们把车开走。司机们看到这个警察这般和善，越发没有人理会，有的司机还讪笑着对自杀的白衣妇女喊话："要跳赶紧跳啊，我们还赶时间打卡上班哩！"

杨苍山走上前去，一手锁住喊话司机的咽喉，一手拉开车门，硬生生地把那个司机塞进驾驶座位上，微笑着怒斥："再不把车开走，我就以妨碍公务罪，连人带车一块儿拘了。"

司机有点恍惚，大概是觉得杨苍山这么和蔼的一张笑脸，不应该说出这么狠呆呆的话来。司机一边摇头，一边发动引擎，把车子开过桥中央。杨苍山心里琢磨着，这样一辆一辆车子轰赶，一个小时都腾不出通道来。于是，他走到小陈跟前，把他手里的高音喇叭抢过来，对着大桥上看热闹的司机喊道："你们再不把车开走，待会儿上面的人跳下来，把你的车砸扁了，你可就摊上人命官司了。”

司机们觉得杨苍山说的有道理，纷纷钻进车里，把车开过大桥。小陈也认识杨苍山，知道他跟老黎一样，也是森林公安局的民警，经常在下关这片儿管管闲事儿，还配合当事人去派出所做过几回笔录。小陈对杨苍山说：“你胡乱说什么呢，把事主激怒了，真的跳下来，你担得起责任吗？”

杨苍山放下高音喇叭，笑着对小陈说：“你对事主喊了半天假大空的废话，她只会越发觉得生活了无生趣，她要是现在跳下来，最大的责任肯定是你来背。”

小陈有些生气：“我一早晨喊的都是废话，你来喊几句有用的。”

杨苍山举起扩音器，对着塔桥上的白衣妇女问道：“大姐，什么事儿想不开啊？你下来告诉我，我来帮你一起想办法。”

白衣妇女两手抓住缆索，低头对杨苍山说：“行了吧，你们问话的这些套路，我在电影电视里都见过，等我下去了，你们连人影都没了，还帮我一起想办法，骗鬼去吧。”

小陈在一旁有些得意：“连她都知道你说的是废

话。”

杨苍山没有理会小陈，用扩音器对白衣妇女说：“好吧，从现在开始，我们俩做一个真诚沟通，谁说一句骗鬼的话，谁就是鬼。”

白衣妇女说：“好哇，那我问你，你作为警察，有过贪污受贿吗？”

杨苍山说：“我只是一名普通警察，就算想贪污受贿，也没有机会。”

白衣妇女顿了顿，又问道：“你结婚了吗？”

杨苍山说：“没有。”

白衣妇女问道：“那你怎么解决性生活？”

杨苍山和现场围观群众都没有想到白衣妇女会发出这样的提问，片刻冷场后，众人发出一阵哄笑。白衣妇女很是得意：“真诚沟通，谁骗鬼今晚就做鬼哟。”

此刻，现场所有人的目光都聚焦到了杨苍山的脸上，一起期待着他的“真诚沟通”。杨苍山环顾四周，缓缓地抬起左臂，左手呈半握拳状，微笑着回道：“我用手。”

现场的男女老少顿时哄笑开来，一位五十岁上下的妇女撇着嘴说：“真恶心！警察还……还那个，哎，说那事儿，我听了都嫌恶心。”

白衣妇女继续发问:“你到你辖区的发廊歌厅夜总会消费,是自己埋单吗？”

杨苍山指着身边的小陈,对白衣妇女说:“这个得问他，我是一名森林警察，我的辖区里只有树和猴子。”

杨苍山的身份出乎白衣妇女的意料,也出乎围观看热闹人的意料，众人禁不住把目光从塔桥上移下来,瞅了一眼杨苍山。白衣妇女似乎不甘心,又问杨苍山:“森林警察？那狐狸精归你管吧？”

众人又发出一阵哄笑。

杨苍山听到此处,便对白衣妇女自杀的原因猜了个八九不离十:“我只能管到狐狸,成精之后就归广电总局管了。”

杨苍山说:“沟通是双向的,该我来问你了。”

白衣妇女说:“问吧,我一个要死的人了,不怕丢脸。”

这个时候,消防队的救火车开到塔桥下,消防队员开始在桥面上给防摔气囊充气。

杨苍山对着白衣妇女问道:“大姐,您上一次去美容院是什么时候？”

白衣妇女没有料到杨苍山的问题这么无聊,围观群众也发出嘘声。白衣妇女想了一下说："大概是四年前吧？"

杨苍山说："这四年，您都干吗了？"

白衣妇女说："四年生了俩娃，忙得提不上裤子，哪还有时间去美容院。"

杨苍山说："两个孩子啊，怎么不请个保姆，多划算呀。"

围观群众的嘘声越来越多，有一位拎着马扎的大爷说："这个警察应该去妇联上班。"

大爷旁边的一位戴红袖箍的大娘，撇着嘴说："就这个执法水平，还不如我们街道办的老太太，啧啧，真是白瞎了这身警服。"

白衣妇女说："我们就是一普通家庭，哪里请得起保姆。"

杨苍山说："请保姆花不了太多钱，尤其是对两个孩子的妈妈来说，请保姆是家庭风险对冲。"

白衣妇女问道："什么是家庭风险对冲？"

杨苍山咽了口唾沫，举着扩音器爬上消防车，走到云梯防护栏里，用手示意消防车驾驶员把云梯升上去。杨苍山对着白衣妇女说："咱俩隔着近点说话，喊得我嗓子都疼了。家庭风险对冲是这样的，您如果请保姆，哄孩子、做饭、做家务、照顾老公，都归保姆忙活，是不是？”

白衣妇女点头称是，杨苍山继续说：“您有了空闲时间，是不是就可以去工作、去美容院了？至尊公主去过吗？五朵金花去过吗？”

白衣妇女问道：“至尊公主和五朵金花是美容院吗？”

杨苍山点点头，他斜睨着河边的店铺，一路问下去：“兰蔻用过吗？雅诗兰黛用过吗？护舒宝用过吗？”

白衣妇女摇摇头又点点头，杨苍山继续说：“不请保姆、不去工作、不去美容院、不买护肤品，老公在家就待不住，在外面待久了就得出事，所以，这事儿不能怪老公，也不能怪狐狸精，要怪就得怪自己没有经济头脑。”

白衣妇女说：“这跟有没有经济头脑还能扯上？”

云梯缓缓升起，杨苍山站在云梯护栏里，用扩音器说：“当然了，因为保姆工资和美容护肤的钱加起来，也不够老公请狐狸精吃顿饭、送个礼物的开销，还有开房费呢。”

云梯升到跟前，塔桥上的白衣妇女的情绪已经平复下来，她对着杨苍山说：“你说的有道理，大姐我这些年谁都没有亏过,就他妈的亏了自己。”

杨苍山收起扩音器,对白衣妇女说:“那更犯不着搭上自己的一条命了。LV 包还没有背过,普拉达还没有穿过,巴黎老佛爷还没有逛过,特拉法加广场的鸽子还等着你去喂,你想把这些都留给狐狸精吗?”

白衣妇女似乎是在憧憬杨苍山描绘的画面,眼睛里闪烁着光亮:“好兄弟,你说我现在……该怎么收场?”

杨苍山伸出手:“跟兄弟下去,回家洗个脸,穿上最漂亮衣服,带上银行卡。”

白衣妇女问道:“干吗去?”

杨苍山说:“去万达广场,买包去!”

白衣妇女随着杨苍山从云梯里走出来时,围观的人们爆发出热烈的掌声。小陈迎上前来,对杨苍山悄声说:“人家老黎就不会像你一样话多。”

杨苍山说:“我跟老黎就是不一样,老黎脸冷心热,我是脸笑心狠嘴黑。”

自此,下关人不仅知道了杨苍山爱管闲事儿,还知道了他是个左撇子。

三

苍山降下入冬后的第一场雪,大理城里却没有落一片雪花,苍山上的雪几乎与大理城的人没有任何关系。苍山十九峰隐蔽在云雾中,如果能够拨开云层,可以看到十九座一气呵成的雪山挺拔耸立,壮观威严。

雪后的苍山,风大雪不化,近乎于半封山状态。所谓的半封山状态,其实是严格控制私自上山滑雪的人。最近几年,极限运动流行全球,挑战没有开发的野雪山,是热爱极限运动的人们的终极挑战。由于大理的交通地理优势明显,入冬后,一场大雪覆盖后的苍山,吸引了全世界喜欢挑战高山速降滑雪的爱好者。大理的相关部门达成一致:严禁任何游客携带滑雪板上苍山。

杨苍山像以往一样，穿戴整齐的警服，走出家门。今天是周五，一周的最后一个工作日，早起上班的人无精打采，脸上透着一股倦意。大风裹挟着苍山之巅的冰凉，直往人脖颈子里钻，杨苍山不由得加快了脚步，他想走得快一些，用自身的热量驱赶寒气。突然，一个身影从他身后飞快地滑过，把杨苍山吓了一跳。原来是一个白人小伙子，踩着一只巨大的轮滑板疾驰而去。在白人小伙子身后，还有两个踩轮滑板的同伴，一个长发飘飘的眼镜男和一个金发碧眼的白人姑娘，他们年纪相仿，青春的欢快和恣意写在脸上，他们旁若无人地在大街上呼啸而去。

杨苍山看着三个远去的外国年轻人，觉得哪里有点不对劲儿，可是又说不上来具体是哪儿不对劲儿，只能一直盯着他们消失在视线里。

跟周璇交往已经快半年了，杨苍山仍旧没有搞定周璇她妈。老太太刚刚从领导岗位上退居二线，大概是心有不甘，看什么人什么事儿都不顺眼，更别说一直没有入她法眼的杨苍山。元旦的时候，杨苍山买上礼物去周璇家吃饭。一顿饭吃完，周璇妈妈在女儿面前给杨苍山挑了一箩筐毛病：喝汤怎么比冲马桶的声音还大？抽烟也就罢了，为什么还要用两个鼻孔冒烟？我说我退居二线了，他笑什么？是幸灾乐祸吗？

周璇劝她妈妈，说："看人要看长处，杨苍山爱笑脾气好，还可以烧一手好菜。"周璇妈妈撇了撇嘴："烧完了菜，厨房像是被轰炸过了。"

第二天，周璇给杨苍山打电话，叮嘱他说："以后再去我们家下厨，不要把厨房搞得乱糟糟，我妈给你提意见了，说你烧完菜的厨房像是被轰炸过一样。"

杨苍山苦笑了一声，他的苦笑只是徒有虚声，表情没有丝毫变化："我上一次在你们家烧完菜，厨房里收拾得干干净净，你妈进厨房看见后，说男人做家务事不要像个女人，一板一眼的让人不舒服。"

周璇长相精致，心思却有点粗糙，按道理说，自己妈妈背后说杨苍山的话，她不应该转述给杨苍山听。杨苍山听了周璇妈妈给自己挑的一箩筐缺点，皱着眉头微笑着说："以你妈妈的个性，你这辈子想要嫁出去，挺难的。"

森林公安局的早会是由易局长主持的，他转读了一份大理市气象局发来的传真件，说是今天夜间有强冷空气来袭，山区会有大范围的降雪。最后，易局长让所有外勤人员配合地方公安上路巡逻，严格控制通往苍山的路口，绝不允许携带滑雪板的“极限客”登山。最后，易局长预祝大家周末愉快，希望全体干警能够休一个完整的周末。连续四个周末，都有游客在苍山上走失、迷路或受伤，森林公安的干警配合地方公安和武警上山营救，已经一个多月没有休息了。

杨苍山的外勤搭档是小左，小左比他小五岁，也毕业于警官学院，算是他的小师弟。两个人第一次搭档上苍山查堵偷猎分子的时候，杨苍山一路上没有跟小左说一句话，自顾自地走在前面，就像当年的老黎一样的状态。小左却不是当初的杨苍山，小伙子刚刚毕业踏上工作岗位，逮着什么事儿都好奇，逮着什么人都亲热。他一路上不停地撩拨杨苍山：“师兄，我知道行规，领导分配我跟你搭档，你就是我师傅，师傅的职责就是教授徒弟，教徒弟就得说话，不说话，徒弟学个啥。”

杨苍山还是没说话，只顾着低头看地上的痕迹。小左又说：“师兄，你不像是来查盗猎的，你的样子就像一个盗猎的，只跟着地上的动物足迹走。当然了，教授徒弟有两种方式，言传和身教，师兄，你大概是身教型的。”

杨苍山没有搭理小左，他站在一块岩石后掏出手枪，轻轻地将子弹上膛。小左以为他发现了偷猎者，悄悄跟过来，才发现岩石后面的一棵树上趴着一只云豹。云豹似乎察觉到了什么，站起身来警惕地环视四周，身下露出两只云豹幼崽。杨苍山双手举起枪，瞄准了云豹，小左急了，悄声问道：“师兄，你干吗？”

杨苍山仍旧没有理睬小左，一直举枪瞄着云豹的脑袋，瞄了几分钟后，云豹转过头来时，杨苍山看到了云豹的两只眼睛，才把枪收起来。小左这才恍然大悟，杨苍山每次巡山只顾着低头看动物足迹，原来他一直在寻找咬死老黎的那只独眼云豹。小左刚进森林公安局，就听说了杨苍山和老黎的故事。小左拍了拍杨苍山的肩膀，说道：“师兄，我理解你的心情，但是你不要忘了我们的职责是保护野生动物的，何况云豹是国家一级保护动物。再说了，咬死老黎也不是云豹的错，那是动物的本能反应啊。”

在老黎遇难之地，杨苍山点上一支香烟插在地上，抱着旁边一棵大树哭得像个孩子，全然不当身边还有一个工作搭档。从那次哭过之后，小左觉得杨苍山像是换了一个人，再出外勤的时候有说有笑，还会时不时地挤对自己几句。

杨苍山和小左开着警车沿着上山的公路，一直开到停车场。车载收音机里，不断传来关于天气变得越来越糟糕的提示，告诫市民和游客周末尽量不要登山。杨苍山落下副驾驶的窗玻璃，微笑地望着阴郁的天空，用低沉的口吻说："要变天最好今天变，还能歇个双休日。"

小左说："这么盼着双休日，看来你把岳母搞定了。"

杨苍山说："撼岳家军易，撼岳母难啊。"

小左说："这么难，就别撼了。"

杨苍山说："你不努力一下，怎么能体会到什么叫绝望呢。"

小左哈哈笑道："你真是个贱皮子，师兄，你干吗非得体会绝望啊，哈哈哈……"

杨苍山打开遮光板后的小镜子，仔细地端详着自己的笑脸："我想，绝望着绝望着，我这张脸兴许就不会这么爱笑了。"

小左大概是听出杨苍山语气里的伤感，他打开雨刮器，洗清着前挡风玻璃："昨天是老马开这台车了吧？弄得跟猪窝似的……依我看，索性绕开岳母，直奔主题。”

杨苍山问道：“这事儿怎么绕得开岳母，又如何直奔主题呢？”

小左说：“怎么绕不开，你娶的是周璇，又不是岳母，要是换作我，我先把周璇肚子搞大，然后把怀孕证明拍到岳母跟前，从还是不从，外婆您看着办。”

杨苍山说：“我不是没有想过先斩后奏，可这周璇看上去挺开放的一个人，骨子里却保守得像个修女，我们俩到现在也就拉拉手，亲亲嘴，其他的都进行不下去。”

杨苍山说完从警服口袋里掏出一张纸条，看得很认真。小左瞟了一眼纸条，问杨苍山是不是记录了亲嘴的次数。杨苍山白了小左一眼，让他认真开车，说周璇的妈妈明天过生日，纸条上是他列的生日菜谱，准备晚上下班后去市场采购食材。小左说：“怪不得你巴望歇双休日，敢情明天是你的生死大考验。”

杨苍山说：“别胡说八道，你这乌鸦嘴。”

旅游大巴车缓缓开进苍山停车场，游客们从车厢里奔涌出来购买进山票，在此或徒步登山，或乘坐缆车上山。虽是隆冬季节,对于四季无寒暑的大理来说,丝毫不影响它的魅力。来自世界各地的游客,着迷在这块神奇土地上同一时间就能够体验到的四季风情。

停车场的大巴车越来越多,熙熙攘攘的游人从车里拥出来。很快,杨苍山和小左查获了十多副滑雪板,这些极限运动爱好者围住杨苍山和小左理论,企图索要被没收的滑雪板。这个时候,派出所的小陈开着一辆厢式警车驶来,车厢里也有一堆没收的滑雪板。所谓的“没收”“查获”,其实是暂时保管,等游客们下山后,凭着存条就可以领回各自的滑雪板。小陈把车停下来,对杨苍山说:“老规矩,我们派出所守停车场,你们去把守索道下面的野路吧。”

原来,很多游客为了逃票,会避开旅游路线和索道,找一些僻静的野路上山。逃票客最容易找到的,就是索道沿线下方的野路。

索道下方的野路口, 一上午总共来了七拨游客,一对外地来大理打工的情侣、一对洱源乡下的中年夫妻带着残疾儿子、十几个云南大学的学生、五个徒步穷游的驴友……杨苍山把这些人全部放进山里,指导他们从哪条路能抄道上正规旅游路线,还能避开景区内查进山票的门岗。望着一对摆摊卖米粉的夫妻的背影，小左对杨苍山说："咱们这么做，是不是失职？他们万一在这条野路上出点差错，责任可都是咱俩的。"

杨苍山说："责任不是咱俩的，是我一个人的。"

小左问道："这么干，你是何苦来着？"

杨苍山叹口气，笑着说："有钱谁会冒险走这样的路？一张进山票六十块钱，一家三口就是一百八十块，够一家子吃一个月的。"

小左不以为然："你不了解，有些人占便宜没够。"

杨苍山问道："谁占谁的便宜？苍山洱海戳在这里亿万年了，祖祖辈辈来到这里的，不管是人还是猴子，都没有花钱买过票，凭什么现在收这么贵的门票？"

小左还想说什么，杨苍山突然抬头看见头顶的索道缆车里，有三副滑雪板靠在玻璃门上，他急忙掏出对讲机，询问小陈，说是看见三副滑雪板在缆车里。小陈说他检查过了，那不是滑雪板，是轮滑板。

缆车渐渐升高，缆车内站起一位金发美女，举着相机给另外两个白人小伙子拍照。金发美女收起相机时，还对着杨苍山和小左做了个鬼脸。杨苍山记起来了，缆车内的三个人，就是早晨在路上遇见的三个外国年轻人。杨苍山盯着上山的缆车，嘴里自言自语道："带着轮滑板上山干吗？"

四

午后，天空更加阴暗，云层压得很低，大半个苍山已经笼罩在云雾中。雄健的苍山，如同被一头巨兽吞没了半个身子。风越刮越大，呼啸的山风像是连连的喘息声，是苍山与巨兽正在进行一场殊死搏命时发出的喘息声。

缆车内的乘客明显感觉到缆车摇晃，脸上禁不住变色。站在缆车下方的杨苍山和小左，能够听见最近的缆车支架上，发出金属摩擦的刺耳声音。对讲机里，缆车管理站发出报警通知，山上已经关闭了下行索道。游客需步行下山，凭票去山下的缆车站退半票。山上步行道的广播反复播报预警通知，催促游客尽快步行下山。

此时此刻，苍山的空气里弥漫着一丝紧张的气息。这是苍山少遇的景象。往年冬天，气候变化肆虐大都集中在海拔三千米以上的地带，大理城的人们只管看云卷云舒，风起风落，激流十八溪，雪漫十九峰。可今天的苍山似乎与以往有些不一样，以往的厚重变成了今天的冷硬，让从小生活在苍山脚下的大理人都觉得陌生。

下午三点，山上执勤的警察在对讲机里确认，景区里的游客已经全部安全下山。听到这个消息，所有警察都长吁一口气，周五天气开始变坏，意味着大家可以休息一个完整的周末了。

杨苍山又从口袋里掏出那张食材单子，盘算着一会儿要去市场上购买的东西。小左碰了碰杨苍山的胳膊，说收队了。杨苍山问小左："下关哪个市场的海鲜又新鲜又便宜？"小左说："这样的提问很脑残，骨子里就是抠门想占便宜，新鲜海鲜肯定不会便宜，便宜海鲜肯定不会新鲜。"

杨苍山和小左回到停车场，看见派出所的小陈把最后一副滑雪板交还给一名日本游客，"咣当"一声关上厢式警车的拉门，对杨苍山和小左说："可算熬到一个清净周末了，晚上可千万别再出什么幺蛾子，女儿发烧住院，我老婆两天没合眼了，正等我去救她呢。”

小左对小陈说：“你别乌鸦嘴，我妈哮喘犯了，今晚是我替我姐照顾我妈呢。”

杨苍山对他们俩说：“真有事，你们俩谁都跑不了，所以，你们俩今天晚上就祈祷世界和平吧。”

下关人民北路菜市场里人声鼎沸，风过铁皮屋顶的声音已经够响了，可还是盖不过菜市场的吵嚷。下关人吃饭的时候嚷嚷，买菜的时候也嚷嚷。嚷嚷着询价，嚷嚷着报价，嚷嚷着还价，嚷嚷着称重，嚷嚷着付钱。

杨苍山买了一只柴鸡，准备今晚腌制好，明天给周璇妈妈做黄焖鸡。周璇特意叮嘱杨苍山要把黄焖鸡做好，这是她妈妈最爱吃的一道菜。买好了柴鸡，杨苍山走进菜市场把头的姚记火腿铺子，老姚不在，老姚的儿子小姚在看铺子。小姚叫姚明，小姚踮起脚尖，还没有中等身材的老姚高。姚明算是杨苍山的发小，两个人初中高中都是同学。姚明高考落榜没有读大学，却迷上了文学，每天以读书人自居，说起话来也是文绉绉的。老姚看着小姚整天捧着书，气就不打一处来：

“日不拢耷地捧着个书发骚呢，该读书的时候不正经读书，该做生意的时候捧着书装你娘的尿。”

十几年来，小姚在老姚的火腿铺子里帮工，右手切火腿，左手捧书本，用他自己的话说：“我的人生就是一部《书剑恩仇录》。”

姚明读的书很杂，社会上流行什么书，他就读什么书。从十几年前的古龙、金庸、梁羽生，到后来的于丹、春树、高晓松，再到现在的《21天教会你写剧本》《100天改变命运》《如何成为人生强者》等等，涉猎极广。火腿铺子里常有外国人光顾，三年前，一位金发碧眼的白人姑娘走进来，离开的时候落下一本英文书。姚明捡起书来，本想追出去还给姑娘，可他被书上的香水味道迷住了。在中国古代，女人看上一个男人，经常会故意丢下手帕、肚兜、月经带等贴身物件，捡到的男人，不管是进京赶考的书生，还是踩点打劫的流寇，一准都会知道是哪个女人的遗情之物。姚明心里想，这个金发美女没准是入乡随俗，故意把这本书留给自己的。于是，姚明赶紧上网查看，才知道这本书的名字叫《情感的迷惘》。他禁不住心中一荡，觉得自己的猜测不全是空穴来风，兴许美丽的金发女郎走进了情感的旋涡，正在期待着一位东方的白马王子解救……为了读出书中的秘密，他没有去买中文译本的《情感的迷惘》，而是买了一本《英汉词典》，姚明担心中国的翻译会把原著里的重要细节中饱私囊。

从此，姚明翻看词典的时间，远多于阅读《情感的迷惘》的时间。一本《英汉词典》翻烂了，他终于把茨威格的《情感的迷惘》磕磕绊绊读完。《情感的迷惘》上的香水味儿已经淡了，但是这本书要表达的东西，他还是懵懂的。大概是因为他英译汉的能力太差，即便是有《英汉词典》辅助，姚明也没有看出书中有什么暗示，或者是让他醍醐灌顶的东西。但是有一点，姚明是肯定的，这本书里有大量的情色描写，包括男人和女人之间的情色，还有男人和男人之间的。自此，姚明迷上了这种似是而非的阅读，读欧洲名著英文版。在下关镇喧嚣的菜市场里，在昏暗的姚记火腿铺子里，脏乎乎的案板上码着一本油腻腻的《英汉词典》，案板后面的姚明，时而眉头紧锁，时而掩卷看着门外，大概是在期待那位金发女郎在某一刻推门进来。

老姚的老婆担心儿子精神出问题，想让儿子赶紧找个女人结婚，张罗了几回相亲。姚明很是反感，觉得自己的心已经被金发女郎塞得满满的，如何还容得下方圆百里的这些庸脂俗粉。实在耐不住妈妈的唠叨，姚明也会去跟女方见面，但是顶多聊十几分钟，他就开始埋头看书。有一回，碰上一个性格火辣的女孩，看到小姚不理自己只管看书，就问小姚什么学历。小姚说高中毕业。女孩站起来，一把抢过小姚手里的《月亮与六便士》扔进沸腾的辣油火锅里："有些人出现在你的生命里，是来告诉你，读书也改变不了你的心虚懦弱和碌碌无为。"

杨苍山走进姚记火腿铺的时候，姚明正在读一本很薄的书。杨苍山接过姚明手里的书，学着老姚的口吻骂道："日不拢耸地捧着个书发骚呢，该跟女人发骚的时候，还在这里捧着个书装正经。"

姚明给杨苍山包了一大块火腿，丢在案板上，说是姚记铺子里最好的诺邓火腿，香醇糯滑，保管能堵住岳母的嘴。杨苍山嫌火腿太多了，问姚明多少钱。姚明说不要钱，算是自己帮他摆平岳母尽一份绵薄之力。杨苍山说，不要钱多一点儿没关系，反正火腿也放不坏。杨苍山翻着那本薄薄的英文书，问姚明，这是什么书。姚明说是意大利作家卡尔杜齐的长诗《撒旦颂》。杨苍山问，撒旦不是魔鬼吗，为什么还要歌颂。姚明说，这是一种创作手法，以赞颂魔鬼来嘲讽上帝，以嘲讽上帝来反思人类文明的虚伪。杨苍山说:“肚脐(卡尔杜齐)里面全是肠子,是得多拐几道弯儿。”

杨苍山把《撒旦颂》丢给姚明,拎上“咕咕咕”叫个不停的柴鸡,说是准备回家杀鸡腌制。杨苍山的脚还没有跨出铺子,兜里的手机便响起来。他掏出手机看了一眼,随手按了拒接键。然后放下手里的柴鸡和火腿,抓起姚记铺子的座机电话回拨。姚明笑着说:“小时候就抠门,这么多年了,你这毛病还没改掉。”

杨苍山一边拨电话一边回道:“能省不省是浪费。”

姚明说:“省自己浪费别人是抠门。”

电话是班花打来的,杨苍山以为班花作为媒人,打来电话关心自己和周璇的进展。杨苍山猜错了,班花压根就没有提周璇,而是提了一个他不认识的人,这个人叫皮埃罗,是意大利人,此时此刻正被困在苍山上。班花还解释说,皮埃罗的姑姑在北京大学当外教,自己去年在北大进修时,认识了皮埃罗的姑姑,变成了亦师亦友的关系,刚才就是接到了皮埃罗姑姑的求救电话。

杨苍山心里暗骂一句:怕什么偏偏来什么。

杨苍山不是怕今天这样恶劣的天气,因为需要营救的人大都出现在这样的鬼天气里。杨苍山也不是怕上山救人，上苍山营救被困者几乎成了他的家常便饭,就算是派出所小陈接的报警,杨苍山碰上了也会主动施以援手。小陈知道杨苍山对苍山十九座高峰和十八条溪流了若指掌,派出所只要接到苍山上的救援报警,小陈就会在第一时间打电话给杨苍山,询问从哪条路上山营救,从哪条路下山撤离。杨苍山知道小陈没主意的时候还会给自己打电话,为了节省自己的话费,他干脆就跟着小陈一起上山救援。

今天，杨苍山怕的是晚上没有时间腌制黄焖鸡。黄焖鸡做得好不好吃，关键就看腌制的时间够不够长。周璇妈妈的嘴巴刁钻得很,腌制时间不够,她一下嘴就能试出来。有刁钻嘴巴的人,一般都会配备刁钻的思维,刁钻人的思维习惯肯定是这样的:临时腌制黄焖鸡是心里没有岳母,等把我女儿娶到手,恐怕眼里也没有岳母了。

杨苍山本想让班花直接打 110 报警，报了 110 后,这事儿就是公事,公事就可以公办。公办至少可以回局里开上警车,一路开到停车场再爬山,省力省时又省劲儿。可杨苍山转念一想,班花不仅仅跟自己有同学之谊,而且还是自己的媒人,自己作为一个过了而立之年的光棍儿，得知恩图报。还有，就算是班花报了110，110最终还会把这事儿派给下关派出所，小陈最终还会不停地给自己打电话问这问那，浪费自己话费不说，小陈的女儿还在医院发烧呢，报110等于是给小陈添堵上眼药。

杨苍山也没有通知小左，他觉得班花给自己打电话求援，相当于私事，私事不宜动用公器，更不宜劳驾同事。再说了，小左跟小陈一样，今晚在医院陪护犯了哮喘的妈，也是脱不开身。思来想去，杨苍山决定自己上山，就算是那个叫皮埃罗的伤了腿，他身边不是还有一男一女两个意大利朋友嘛。三个人把一个腿受伤的人弄下山来，也不是一件难事。自己上山也就是当个向导，把三个迷了路的意大利人带下山来。想到这些，杨苍山满口答应了班花，说是让班花放心，自己肯定能把皮埃罗安全带下山来。杨苍山最后问班花，皮埃罗三个人的具体位置在哪里。班花说："皮埃罗说他们在马龙峰西麓，距离峰顶落差大概有两三百米的样子……"

杨苍山心头一沉，忽然间想起了殒命马龙峰的老黎。马龙峰是苍山十九峰中最高的山峰，海拔四千多米，主峰常年积雪不化。马龙峰不是旅游景区，只有少数有登雪山经验的驴友才能上去,但他们不会选择这样的恶劣天气攀登马龙峰。

杨苍山问班花要了皮埃罗的手机号码,还不忘追问一句:"这个手机号码这么奇怪,会不会收取国际长途费?"

班花说这个手机号码是国内的,是北京移动刚刚开通的187。杨苍山把皮埃罗的187号码输入手机,拎着他的一只柴鸡和一包火腿走出姚记火腿铺子。出门后,杨苍山才发现天色已经完全黑了,于是他又折返回铺子,对姚明说:"你把铺子关了,陪我上一趟山。"

姚明抻着脖子看了一眼铺子外面:"有病吧,这个天儿上山作死啊。"

杨苍山说:"上山救人。"

姚明说:"救人是你们警察的事情,干我一介草民何事?"

杨苍山说:"他是一个意大利人,我不会讲英语,你去给我当个翻译。"

姚明说:"意大利人不讲英语,讲意大利语。"

杨苍山说:"三个意大利人,总该有一个会讲英语的吧。"

姚明说:"我的英语水平是个半吊子,你还真瞧得起我。”

杨苍山说:“少跟我耍心眼,半吊子英语能阅读英文原版书?”

姚明百口莫辩:“我……我主要靠《英汉词典》,口语说不出来。”

杨苍山从案板上抓起那本油腻腻的《英汉词典》,塞到姚明手里:“那就带上你的《英汉词典》。”

五

天已经完全黑了，在菜市场旁边一家小超市里，杨苍山买了两支手电筒，自己揣进口袋一支，另一支塞给姚明。姚明接过手电筒，一脸不情愿地跟着杨苍山走出超市。杨苍山用胳膊肘碰了一下姚明："别哭丧着脸，你整日里嚷嚷着西方文明的人文博爱和普世价值，我今天给你一个博爱的机会，让你做到知行合一。"

在超市门口，杨苍山打了一辆三轮摩的。摩的司机听说现在要他上苍山，打死都不肯去。杨苍山无奈，咬着牙给司机加了十块钱车费。司机很不情愿地发动摩托车，嘴里咕哝着："天这么黑，风这么大，加二十块钱也不算多，山上没有人坐车，我还得放空车回来……”

半个小时后，摩的开到了苍山停车场。停车场里空无一车一人，平时值班的门卫室早就落了锁，只剩一间亮着灯的空岗亭。从摩的里钻出来，姚明禁不住打一个冷战，他立刻钻回摩的，说什么也不肯下车："我穿的衣服太单薄，没到半山腰就这么冷，山上那么大的雪，不冻出人命才怪。"

杨苍山也感觉到了异于往常的寒气，好在他穿着警用棉服，御寒性能好过普通的羽绒服。一片雪花从姚明的眼前飘落，他立刻尖叫起来："你看看，这里都下雪了，我长这么大，只在山下看见过山顶上的雪。"

杨苍山仰起头来，借着停车场的灯光，看见鹅毛般的大雪片洋洋洒洒落下，眼神里掠过一丝少见的忧虑。他微笑着安慰姚明，说，一路爬山，爬着爬着就浑身冒汗，不会觉得冷。姚明摇摇头："君子不临险地。"

杨苍山说，你见死不救算什么狗屁君子。姚明说，我得先保住自己的命，才有能力救别人。杨苍山对姚明说："你一直说与一个金发碧眼的女孩有一段浪漫的邂逅，此刻的马龙峰上，就有一位金发碧眼的女孩，她正在等待着她的东方白马王子营救呢。"

姚明盯着杨苍山的眼睛:“警察色诱我一个读书人,你不觉得内疚吗?”

杨苍山看到摩的司机身上穿着一件厚厚的棉衣,好说歹说,花了两百块钱买下来,硬生生给姚明套在身上。

姚明看着杨苍山手里拎着的柴鸡和火腿,问他是不是准备带着柴鸡上山救人。杨苍山四下张望着,说本来想把鸡和火腿放在停车场的岗亭里,哪知道今晚没人值班。杨苍山拎起柴鸡看了一眼,走到门卫岗亭,把柴鸡和火腿系在门把手上:“咱们得抓紧时间,趁着天亮之前把人弄下山来,等到天亮人多了,我的鸡和火腿没准下了谁的肚子。”

姚明把棉衣上的帽子罩到脑袋上:“这里到马龙峰还早着呢,咱俩就靠两条腿,到了马龙峰,估计天该亮了。”

杨苍山抬起手腕,看了一眼手表,时间是晚上七点二十五分。他知道姚明所言非虚,从这里徒步爬到马龙峰,就算是白天不下雪,至少需要四五个小时。一旦晚上下了雪,如果雪大盖住了山路,就算是不迷路,能在天亮前上到马龙峰也算是幸运了。杨苍山对姚明说:“走！咱俩开索道,坐缆车上山。”

杨苍山打着手电，找到了索道的变电箱，合上电闸的瞬间，传来“轰隆隆”绞盘拉动钢丝绳的巨响。随后，通往苍山高处的索道塔亮起了灯。目力所及之处，只能看到半程索道塔的灯光，后半程的塔灯被云雾完全遮住了。

缆车移动起来，杨苍山拖着姚明进了一辆缆车。缆车滑出索道站，钻出黑漆漆的松林，逐渐爬高。借助索道塔的灯光，缆车内的两个人这才看见周围的情景，漫天大雪已经盖住了停车场、盖住了索道站、盖住了松林、盖住了整个世界。杨苍山和姚明双双站起来，趴在玻璃窗上看着缆车外的世界，久久合不拢嘴。杨苍山自言自语道：“我活了三十年，都没有遇到这么大的雪。”

姚明喃喃道：“我活了三十年，才遇到这么大的雪……”

突然，杨苍山和姚明感觉身体前倾，两个人同时倒向缆车的玻璃窗。接着，半空中传来一阵金属摩擦的刺耳声音，听上去令人毛骨悚然。杨苍山和姚明相互搀扶着站稳身体，看见前前后后的缆车被风吹得摇晃不停，而且，缆车越往高处走，风势也越大。此时，正赶上跨越一条深沟,缆车距离沟底足有四五百米的距离。姚明只往下看了一眼,便颤巍巍地瘫软在地上,脸色苍白,嘴唇发青。杨苍山蹲下身来,一只胳膊半抱着姚明:“不用担心,你要是摔死了,我给你垫背,过了云门峡就快到了。”

杨苍山的手机铃声骤然响起,把姚明吓得打了一个激灵。杨苍山伸出另一只手掏出手机,看了一眼手机屏幕,原来是班花打来的电话。班花问他到哪里了,说皮埃罗他们快支持不住了,山上风大雪急。杨苍山说路程已经过半了,让皮埃罗他们先找一个背风的地方躲一躲。班花问杨苍山,救援队上去了多少人。杨苍山说,加上他总共两个人。班花吃了一惊:“你疯了,雪山上有三个人被困,你们上去两个人救援?”

杨苍山说:“三个人被困,只有一个人受伤,我们俩上去了,等于四个人救一个人,比例没有问题呀。我倒是想多叫几个人,负责苍山救援的兄弟们一个多月都没有休息,今天晚上,一个儿子在医院发高烧,一个老妈哮喘要陪床,临时拉上的人是我的发小,人情还得算我头上,我容易吗?”

班花说:“我刚才听到皮埃罗身边的人已经哭了,而且山上的环境越来越恶劣了,刚才打电话给省气象局，他们监测到一股更大云团风暴逼近苍山，人命关天，你们只上去两个人，恐怕不行。”

杨苍山说：“下了索道到马龙峰，大约需要三个小时，我先上去看看情况再说，实在不行，我们再打电话叫增援。”

杨苍山刚刚挂断电话，周璇又把电话打进来，问他是不是在腌制黄焖鸡。杨苍山说他一会儿就杀鸡腌制，保管明天做出一道不一样的黄焖鸡。缆车摇晃的幅度越来越大，杨苍山对周璇说，他正准备找刀杀鸡，不跟她多说了。挂上电话，杨苍山搀扶着姚明坐到缆车座位上，看到不远处便是山上的索道站。杨苍山对姚明说：“你看，马上就到了。”

杨苍山话音刚落，突然一声巨响从头顶传来，一根新断茬的树枝穿透缆车门缝，横插在杨苍山和姚明中间，好在缆车车门卸掉了树枝的力量，缆车内两人安然无恙。接着，缆车停止了运行，索道塔上的灯光一盏接一盏熄灭，缆车内只剩下一盏昏暗的应急灯。一脸笑意也没能够掩饰住杨苍山的茫然，他把脑袋探出缆车门，发现索道旁边的悬崖上，一棵巨大的松树被大风吹倒，正好砸在索道上。每座索道塔上都装有平衡感应器，大树砸在缆索上，平衡器报警的瞬间也会切断电源。杨苍山看了一眼脚下,缆车距离地面至少有五六十米的样子。姚明一手抓着树枝,一手抓着杨苍山的胳膊,探出脑袋看了一眼,即刻缩回身体,他叹一口气说:“这回好了,想上山救人也救不成了。”

杨苍山说:“在缆车里待上一夜,冻也会把人冻死的。”

姚明问:“那怎么办?”

杨苍山把姚明拽到缆车门口,指着倒在缆索上的松树说:“沿着这棵树,爬到悬崖上,从悬崖那里可以回到地面。”

姚明急忙缩回来,他对杨苍山说:“你还是让我冻死在缆车上吧。”

六

姚明跟在杨苍山后面，哆哆嗦嗦爬上了倒在缆索上的松树。爬到松树的半截时，一阵狂风刮来，吹掉了杨苍山头上的警帽，两个人急忙蹲下身子，两手紧紧抓住树枝，努力让自己的身体保持平衡。待风势稍缓，杨苍山催促姚明抓紧时间通过。姚明心里叫苦不迭，嘴里不停地唠叨："真是作孽呀，让我……让我一个读书人来遭这份罪。"

杨苍山说："我大学本科毕业，都不敢说自己是读书人，你一个高中生，就把自己整成一副世外高人的样子，你就不嫌害臊？"

姚明说："读书人跟他读过多少书有关系，跟学历没有关系，就像有学历的人不一定有教养，有教养的人也不一定是高学历。”

姚明话音刚落，脚下一滑，惨叫一声摔下了树干。杨苍山心中一惊，回头已经看不见姚明的身影。待他往地面看下去的时候，才发现姚明抓住松树的一根树枝，荡在半空中。杨苍山让姚明抓紧别松手，他俯下身子，用两条腿夹紧树干，另外一只手抓住旁边一根树枝，腾出另一只手来去抓姚明。就在杨苍山快要抓住姚明的时候，突然一阵狂风吹来，把姚明的身体吹偏了，吓得姚明几乎带着哭腔喊叫着救命。杨苍山让姚明不要喊，把注意力集中在两只手上，等风稍微停下来，再进行施救。姚明倒是不喊叫了，他用恐惧颤抖的声音说道：“我……快要抓不住了。”

就在姚明即将松手的刹那间，又吹来一阵狂风，将松树刮得来了个一百八十度的大翻身，姚明被树枝托到上方，而杨苍山却挂在了树干的下方。幸好他两条腿夹紧了树干，然后四肢并用攀上树干。姚明心有余悸，傻呆呆地愣着神，对刚刚攀上树干的杨苍山喃喃地说：“读书人……受不了这样的刺激啊。”

杨苍山顾不上搭理姚明的感叹，他抓着姚明一只手，催促他赶紧过独木桥。姚明哆嗦着跟在杨苍山身后：“树干上没有树枝可以抓，再来一阵风，咱俩……

非摔死不可。"

杨苍山说:"没事,你不要松开我的手,再刮大风站不稳的时候,你往右边跳,我往左边跳,就一定会挂在树干上,只要咱俩的手抓住不分开。"

姚明说:"这很像是爱情表白,好缠绵啊。"

杨苍山说:"别发骚,看着脚下。"

两个人终于颤颤巍巍走在树干上,果然又袭来一阵狂风,吹得两个人再次失去重心,杨苍山只得大叫一声:"跳!"

失去重心的姚明根本分不清左右,随着杨苍山一起往左边跳下去。好在此处距离地面不太高,姚明重重地砸在杨苍山的身上。杨苍山把姚明掀开,揉着肩膀说:"不是说好了,你往右边跳,我往左边跳吗?"

姚明一脸惊恐未定的神情:"不是说好了,你给我垫背吗?"

两个人从悬崖下到地面上,姚明紧张得出了一身汗,大脑近乎空白。雪还在继续下,雪片越来越大,像白色的树叶子一样飘落。姚明脸上一副默然的神情,跟在杨苍山后面,往黑茫茫的马龙峰艰难攀登。

用了将近三个小时,杨苍山和姚明终于接近马龙峰主峰了。马龙峰上的积雪已经没过膝盖，每迈出一步都需要花费极大的气力。主峰上的风势也越发狂猛，把大雪片撕扯成细小的雪粒，砸在脸皮上生疼。杨苍山此刻已经意识到，这次救援不比寻常，这是他无数次苍山救援中，海拔最高、天气最恶劣的一次。他为自己大包大揽把话说得太满懊恼不已，在这个鬼天气里，自顾自地安全下山已经不易了，何况还要带上一个腿骨骨折的伤者。大雪覆盖了地上的一切，山路、石头、灌木，还有那些危险的悬崖和石窟，只要一脚踏空，非死即伤。狂风裹挟的雪粒，抽到杨苍山的笑脸上，导致他的笑脸看上去有些扭曲。

杨苍山掏出手机，拨通了皮埃罗的电话，然后把手机交给姚明："跟他说，我们已经……已经接近主峰，问一问，他们……在哪里？"

狂风抽走了空气中的氧气，使得两个人的呼吸越来越困难，一句话都要分成好几段来说。

姚明接过手机："Hello?Hello?Where...are you?...Hello...哪里？喂喂！大点声！Speak loudly...south,OK,OK!"

姚明把手机递给杨苍山："他们说，好像是……在马龙峰南侧。"

杨苍山接过手机，拍拍姚明肩膀：“干得不错！马上……马上就能看见，看见……你的金发女郎了，走吧。”

杨苍山观察一下四周环境，几乎找不到任何一处能辨别方向的标志物，整座马龙峰被大雪覆盖得严严实实。杨苍山回过头来，看一眼上山的脚印，发现脚印留下的雪窝，很快就被狂风吹平了。他和姚明是从马龙峰的西麓攀登上来的，如果往右侧绕过去，应该是马龙峰的南侧。于是，杨苍山和姚明一前一后，往马龙峰右侧绕去。两个人一边走，一边叫喊着“皮埃罗”的名字，手电筒的亮光所及之处，杨苍山突然看见一点儿光亮，等他再次照过去时，光亮却消失了。杨苍山不死心，循着刚才发现亮光的地方走过去，居然发现了两点绿幽幽亮光，而后是一团模糊的身影。杨苍山心中一惊：是云豹的眼睛，可是云豹怎么可能出现在海拔这么高的马龙峰上呢？

姚明赶过来，问杨苍山看见了什么。杨苍山说：“没什么。”

不出外勤，配备枪械在下班时就已经交到枪械库。杨苍山下意识地摸向腰间，心中隐约有一种不祥之感。

已近午夜时分，风势有增无减，雪仍旧没有停下来的迹象。姚明逐渐放缓了脚步，恐惧在他的心头越积越厚，压得他已经迈不开腿了。走在前面的杨苍山不得不停下来，等着姚明赶上。姚明立在雪窝里，冲着杨苍山喊道："咱们……要是死在……死在马龙峰，你……还能评个烈士……我算什么，我爹……我爹肯定……还得骂我败家，大周末，不在铺子里……卖火腿，跑到苍山上……找死。"

杨苍山对姚明喊道："因公殉职才能评烈士，我这趟……是因私。"

姚明缓缓地往前迈动双腿："你肯定……肯定会被评为烈士，因为，你是警察，救人、救人……不分公私。"

杨苍山搀扶住姚明一只胳膊："你说得很对，救人不分公私，我是警察，职责所在……你无职无责，比警察……还要伟大。"

突然，姚明感觉到远处有一点亮光。杨苍山也觉察到了亮光，而且是一闪一闪的橘红色亮点，应该是手电筒发出的信号。姚明绝望的脸上露出一丝欣慰，杨苍山本就笑颜常驻的脸上更显兴奋，他拽着姚明的胳膊，朝着亮光处急匆匆走去。

望山跑死马，等杨苍山和姚明接近亮光时，大概又耗去了半个小时。靠近亮光时，杨苍山发现雪地里坐着三个“雪人”，其中一个“雪人”举着手电筒。临到跟前时，坐在地上的其中两个雪人站起来，身体僵硬地迎上前来，与杨苍山和姚明欢呼拥抱在一起。姚明忽然嗅到了一股熟悉的香味儿，正是那本《情感的迷惘》书里的香水味儿，而扑进他怀里的也确是一位金发姑娘。一时间，姚明恍惚起来：世间难道真有这般神奇的事？

杨苍山让姚明别只顾着发骚，赶紧问问皮埃罗的伤势。姚明从他的恍惚臆想中醒来，对金发女郎做了他和杨苍山的自我介绍，而后又把三个意大利人介绍给杨苍山：金发姑娘叫卡德丽娜，拥抱杨苍山的小伙子叫保罗，坐在地上不动的是皮埃罗。皮埃罗伤在左腿的小腿，已经确认骨折了，保罗和卡德丽娜用两只轮滑轴给皮埃罗的骨折处做了简单固定。杨苍山检查了皮埃罗的伤腿，看到轮滑轴，又看到了皮埃罗坐在屁股下的滑雪板，这才醒悟过来：这三个意大利人，就是早晨在大街上见过的那三个外国人，他们把滑雪单板改装成轮滑板，明目张胆地带着滑雪板乘坐缆车，卡德丽娜还在缆车里冲着自己做了个鬼脸。

杨苍山翻看雪地上另外两块滑雪板，果然，都已经拆掉了轮滑轴，变成了真正的滑雪板。杨苍山拿起一块滑雪板，对着保罗和卡德丽娜说："你们……违反规定，偷带滑雪板上山……上山滑雪，这是……咎由自取。"

看着保罗和卡德丽娜一脸茫然的样子，杨苍山让姚明翻译给他们听。姚明没有翻译，而是问杨苍山："咎由自取，我们就……不救了？"

杨苍山说："还是要救。"

姚明说："那还说……说什么废话。"

杨苍山说："得教育一下这三个愣头青，让他们……记住教训。"

姚明说："训个屁，咎由自取，不会翻译。"

杨苍山发现皮埃罗有些异常，蹲下身来，用手电照了一下他的眼睛，发现他反应有些迟钝，估计是他身体失温。杨苍山示意皮埃罗躺在滑雪板上，然后给他翻转身子，变成趴在滑雪板上。杨苍山伸出双手，用力不停地搓着皮埃罗的后背。杨苍山告诉姚明，除了伤腿之外，让他们三个人揉搓皮埃罗的四肢，促进血液循环保持身体温度。四个人蹲在雪地里，围着皮埃罗揉搓了十多分钟，皮埃罗哼唧了一声，说道："Don't worry.I'm OK."(别担心。我没事了。)

杨苍山可以听得懂简单的英语,知道皮埃罗已经缓过来了,这才站起身来。此时,风速骤然加快,一阵疾风刮过来,居然把姚明吹倒在雪地上。保罗把姚明扶起来,问道:"其他人呢?"

姚明反问道:"什么……其他人?"

保罗说:"救援的人。"

姚明指着杨苍山说:"就我们两个人。"

保罗似乎很失望,他一松手,姚明重又跌在雪地上。姚明白了保罗一眼,自己爬起身来,走到杨苍山和皮埃罗跟前,问杨苍山:"他(皮埃罗)肯定动不了,咱们怎么下山?"

杨苍山看到皮埃罗三个人都背着背包,问皮埃罗:"String(绳子),string,有吗?"

皮埃罗指了指自己脑袋下面枕着的背包,对杨苍山说:"Here."

杨苍山打开皮埃罗的背包,找出一捆登山绳,把皮埃罗的身体捆在滑雪板上。杨苍山从口袋里面掏出一把折叠刀,把余下的绳子截断成两根,分别固定在滑雪板两端的孔眼上。滑雪板本来是平整的没有孔眼的,皮埃罗他们把滑雪板伪装成轮滑板,便在滑雪板上打了孔眼,以便安装固定轮滑轴。杨苍山把滑雪板一端的绳子系在自己腰上,并打上一个死结。滑雪板另一端,杨苍山把绳子平均分配,留出来两根绳子头。杨苍山对姚明说:“下山的时候,我在前面,你和那个……那个……”

姚明看着杨苍山手指的方向:“保罗。”

杨苍山说:“你和保罗一人拉……拉一根绳子,注意力要集中,要拉紧,控制速度,控制方向,控制安全,明白了吗?”

姚明说明白了。被捆在滑雪板上的皮埃罗大概也看懂了杨苍山的用意,他抬起手臂,微笑着对杨苍山竖起了大拇指。杨苍山笑着拍了拍皮埃罗的肩膀,示意他放心。杨苍山转头对姚明说:“翻译给……给保罗听。”

就在杨苍山固定捆绑皮埃罗的时候,保罗走到卡德丽娜身边,把她叫到一边,在她耳边小声说着话。突然,卡德丽娜的声音提高了音量:“不!不可以,我们不能那样做。”

保罗看了一眼杨苍山他们,转而对卡德丽娜说:“救援队没有到来之前,我们已经……已经尽到了做朋友的责任,没有丢下他,抱着他取暖,如果没有我们，皮埃罗早就……冻死了。”

杨苍山问姚明：“他们俩在吵什么？”

姚明没有顾得上回答杨苍山，他站起身来，对保罗说：“我们需要……你的帮助，才能安全下山。”

保罗有些愤怒：“你们是来救援的，居然还需要……需要我的帮助，作为警察，你们这是失职。”

姚明说：“我不是警察，我是他妈来帮忙的。”

杨苍山大概听懂了保罗的意思，站起来对他说：“我是警察，你现在有什么需要帮助？”

姚明赶紧把杨苍山的话翻译给保罗听，保罗一把推开杨苍山：“你是警察就了不起，你以为……你是麦克莱恩（电影《虎胆龙威》中的英雄警察，由好莱坞影星布鲁斯·威利斯扮演），带着这样一个小丑，就能把我们……三个人救出地狱？”

杨苍山侧着耳朵，听完姚明的翻译，问道：“他刚才……刚才好像说了小丑，什么意思？”

姚明说：“哦……他说自己，说自己的行为，像个小丑。”

保罗无奈，只得把放在雪地上的滑雪板重新捡起来背在肩上，跟在卡德丽娜的后面回到皮埃罗身边。

七

风势似乎在逐渐变弱，说话也不需要扯着脖子喊了。姚明把一根绳子递给保罗，用他的半吊子英语讲解要领，眼睛却时不时地瞄着一边的卡德丽娜。对于精通户外运动的保罗来说，这根绳子的使用无须太多解释，姚明的半吊子英语已经足够。杨苍山已经看出姚明心猿意马的贼心思，他催促众人动身，想趁着天气转好，抓紧时间下山。

风越刮越小，雪却越下越大。没有风的肆虐，大雪片完整地飘落下来，浪漫气氛陡增。杨苍山走在前面，牵拉着滑雪板，因为坡陡雪厚，滑雪板滑行速度很快，稳定性全靠着后面的姚明和保罗拉拽。有几次，承载皮埃罗的滑雪板几乎磕到杨苍山的脚后跟，他不得不大声叫喊着:“Slowly(慢一点儿)! Slowly!”

途经一段稍微平缓处，姚明和保罗不再用力,全凭着杨苍山在前面牵引滑雪板。姚明终于腾出工夫,他问走在中间的卡德丽娜:“喜欢下雪吗？”

卡德丽娜冲着姚明微笑点头:“雪是这个世界的精灵,谁会不喜欢呢？”

雪夜里,姚明也能感受到卡德丽娜如嫣笑脸:“喜欢雪,就留在大理吧,马龙峰上一年四季都有雪,保你一年三百六十五天都有好心情。”

卡德丽娜说:“如果条件允许,我真有留在这里的冲动。”

姚明说:“如果喜欢,为什么不呢？”

杨苍山没有听明白姚明和卡德丽娜交谈什么,但是从姚明的口吻和几个听得懂的英文单词,也能判断出大概内容。杨苍山担心姚明看见心仪的女人失了分寸,便回头说道:“你当人家男朋友的面,明目张胆地轻浮,就不担心挨揍？”

姚明不屑地回道:“意大利男人才不会像中国男人那么小气呢。”

杨苍山说:“意大利男人再大气，我也没有听说……听说哪个意大利爷们儿……摘下头顶的帽子,赞美帽子绿得养眼。”

姚明不再理会杨苍山，他对身边的卡德丽娜说：“大理四季无寒暑，一年到头看得见雪山，登山有苍山，戏水有洱海，怀旧有古城，谈心有姚明，世界上只有大理才配得上你这样美丽的女孩。”

保罗实在憋不住了，一旁插嘴问姚明：“你去过欧洲吗？”

姚明说他没有去过欧洲：“秀才不出门，便知天下事，我读遍天下书就足够了。”

保罗接着问姚明：“你如果有机会去欧洲，请你先去大英图书馆一趟，看看自己还敢不敢说读遍天下书了。”

保罗对卡德丽娜用意大利语说道：“我就说过，中国男人就知道吹牛说大话，简直不知道天高地厚。”

姚明听不懂意大利语，但也能猜到是对自己不利的言语，他索性不去理会保罗，继续对卡德丽娜说：“你看大理的山，大理的水，大理的夜空，大理的星星……”

卡德丽娜问道：“哪里看得见星星？”

姚明指着身后说：“你看……”

大家顺着姚明手指的方向看过去，都不由得吓了一跳，几盏绿幽幽的亮光就在不远的身后闪烁。卡德丽娜尖叫道："是豹子，至少有两只，刚才一直在我们周边徘徊。"

杨苍山问姚明："卡德丽娜说什么？"

姚明便把卡德丽娜说的话翻译给杨苍山听，杨苍山听完，安慰大家道："别害怕，这是云豹，云豹主动攻击人的案例很少，我……遇到过一次，但仅仅一次而已。"

杨苍山心里暗自纳闷，云豹的确是在晚上觅食，但都是在海拔三千米以下活动，不可能出现在雪线以上。杨苍山心里在不断地为云豹现身马龙峰寻找合理依据：云豹嗅觉敏锐，是苍山食物链的顶端，其他小动物在这场百年不遇的恶劣天气里全都躲藏起来，他们几个人是方圆几十里唯一的"食物"。

杨苍山叮嘱不要掉队，说大家抱成团往前走，就不会有危险。幽灵一般的绿光，时左时右，时前时后，如同鬼魅一般环伺周遭，让人后脖颈子直冒凉气。此时，风力陡增，再次把大雪片撕成细细的雪粒。众人紧张情绪弥漫，保罗无暇再嘲讽姚明，姚明也无心再撩骚卡德丽娜。杨苍山加快了步伐，拖着滑雪板上的皮埃罗奋力往前，好在前面是一段下坡地势。姚明和保罗已经熟悉驾驭“雪橇”之道，遇见陡坡时，两个人便往左右分开的距离加大，便于“雪橇”制动，也能够更好地控制雪橇的稳定性。卡德丽娜跟在雪橇后面，也就是姚明和保罗的中间，从视觉上看去，卡德丽娜距离保罗稍远一点儿，距离姚明似乎稍近一些。

风势一阵猛似一阵，强劲力度甚至超过先前。

地势坡度越来越陡，杨苍山在前面大声提醒姚明，喊道：“陡坡下面……是殉情崖，要打起……十二分精神来，一旦滑落下去，就摔成零件了。”

姚明急忙翻译给保罗和卡德丽娜，说陡坡下面是悬崖，千万不要让“雪橇”失控。姚明和保罗分别保持着后倾的身体姿势，才能控制住“雪橇”的惯性。突然，一只云豹从保罗的斜后方高高跃起，扑向他的后背。保罗瞬间被扑倒在地，身体在雪坡上快速往前滑行，几乎快撞到皮埃罗的滑雪板。就在保罗倒地的刹那，姚明感觉腰间一紧，一股大力把他拽倒，随即跟着“雪橇”往前冲去。眨眼的工夫，皮埃罗乘坐的“雪橇”又撞倒了前方的杨苍山，连接着“雪橇”的四个男人一起冲下陡坡，冲向悬崖，活像一堆线头纠缠起来的纺锤。

卡德丽娜疯了一般呼喊着，跟在四个男人后面拼命追赶。但是，在没膝的积雪中，所谓的追赶是徒劳的。卡德丽娜看到身边一道黑影闪过，一只云豹越过她，迅疾扑往保罗的方向。云豹的一只爪子抓到保罗的肩膀，撕开他的羽绒服，白色的羽绒和飞溅起来的积雪混在一起，在陡坡上扬起一阵白色的烟浪。

陡坡眼看着到了尽头，尽头便是深达两百多米的殉情崖。杨苍山对殉情崖的地势很熟悉，因为他了解殉情崖的故事，一个充满悲情的故事：殉情崖原本叫断头崖。“文化大革命”后期，一对年轻的情侣因为家庭反对，便相约到断头崖，要一起跳崖殉情。女孩如约跳下断头崖之后，男孩退缩了，站在断头崖上思量半晌，最后一个人独自下了苍山。据说，这个男孩后来当了官，仕途上一帆风顺做到很高的职位。从那以后，断头崖便改名叫殉情崖了。

杨苍山感觉着滑行速度，估摸着用不了半分钟，就该摔下殉情崖。他拼命用手四处乱划拉，想抓住一根救命稻草，可所经之处除了雪还是雪。恐惧就像是苍山上的乌云，瞬间填满了杨苍山的心。他挣扎着抬起头，绝望地看了一眼前方，白雪的尽头是一片黑暗，黑暗之处便是万丈深渊……

突然，杨苍山看到正前方黑暗的边缘，有一堆凸起的白雪。杨苍山瞬间做出判断：那应该是一块石头。

杨苍山回头看了一眼身后三个人的位置，然后拼尽全力往左侧翻滚过去。往左侧翻滚的杨苍山，带着“雪橇”和皮埃罗也偏向左侧，把本来纵向滑行的“纺锤”编队，甩成横向滑行。眨眼间，四个人已经滑向黑暗的边缘，此刻，杨苍山只能祈祷那块凸起的石头是带根儿的，而不是悬崖边上的一块浮石。

最后时刻，杨苍山闭上眼睛，一副完全听天由命的状态。虽是闭上眼睛，杨苍山却能清晰地感觉到自己的身体脱离地面，在失重的刹那间，腰里猛然一紧，他吁出一口长气：那块石头带根儿。

凸起的雪堆的确是一块石头，首当其冲的是皮埃罗身下的滑雪板，滑雪板撞上石头的时候，皮埃罗也意识到抓住了救命稻草。紧接着，两侧的三个人被惯性甩出悬崖，皮埃罗感觉到自己的身体即刻间侧立起来，腹部的压力也陡然增加，身体犹如压上了千斤重物。皮埃罗急忙伸出双臂抱紧石头，他担心身后的滑雪板再来一个翻转，承载四个人生命的滑雪板就会翻越过这块石头。从滑雪板变身轮滑板，又从轮滑板变身滑雪板，此刻，这块板子又变成了一根扁担，一头挑着姚明和保罗，一头挑着杨苍山，断了一条腿的皮埃罗居然变身成了挑夫。

姚明是一路带着哭腔滑下陡坡的，此时，身体荡在悬崖外的空中，更是止不住地哇哇乱叫。杨苍山喝止了两声，姚明才算安静下来。杨苍山接着对保罗说："Polo,you up,up!"

就在这个时候，卡德丽娜也赶到了悬崖边上，大声呼喊着保罗的名字。保罗明白杨苍山的意思，只有他率先攀上悬崖，才能维持两侧重力的平衡。保罗悠荡了两下，抓住了悬崖上一条石缝，稳定住身体。保罗荡悠了两下，悬崖上便传来两声皮埃罗的惨叫，挂在悬崖上的三个人都不知就里。卡德丽娜喊道："下面不要乱动，你们的重量都勒在皮埃罗的肚子上。"

保罗率先爬上悬崖，看清楚形势后，他让卡德丽娜拉住姚明的绳子，帮着皮埃罗承担一点儿力量。保罗走到另一侧，把杨苍山先拉上悬崖。最后，众人合力把姚明救上来。

五个人躺在悬崖边上的雪地里歇息，没有人说话，鬼门关上走了一遭，每个人心里都后怕不已。

保罗和卡德丽娜躺在一起，保罗对卡德丽娜小声说道："刚才，是我救了前来救援的这两个人的命，我们如果继续跟他们待在一起，肯定会被他们害死的。"

卡德丽娜说："你错了，如果不是杨，你们现在都已经摔下悬崖了。"

保罗不再跟卡德丽娜争辩，他问道："你到底跟不跟我走？"

卡德丽娜扭头看了一眼躺在地上的皮埃罗，对保罗说："不，我们不能丢下皮埃罗。"

保罗不再说话，他爬起身来，把滑雪板放在雪地上，两只脚踏上滑雪板，头也不回，飞快地隐没于茫茫的雪野。望着保罗消失在雪野的背影，杨苍山有些着急："雪大风急，悬崖和石窟都被大雪盖住了，他要是摔下去就完了。"

姚明说："他要走，我们也拦不住，他出了事是咎由自取。"

卡德丽娜不明白杨苍山和姚明为什么争论，用疑惑的眼神看着姚明，希望得到解释。姚明也不似先前那么沮丧，他的大部分注意力都在卡德丽娜身上，看到她询问的眼神后，立刻对她解释道："杨苍山担心……担心保罗一个人下山，因为大雪……盖住了悬崖和……"

姚明突然忘了"石窟"的英语怎么说，急忙从怀里掏出《英汉词典》，打着手电查阅起来。卡德丽娜用疑惑的眼神看着杨苍山，对姚明说：“杨先生好像不是很担心，我觉得他很开心。”

一阵狂风袭来，把姚明手里的《英汉词典》吹落下悬崖。杨苍山挣扎着站起来，重新把皮埃罗捆绑在滑雪板上，并查看了他的伤势，好在胸腹部并无大碍。杨苍山走到姚明和卡德丽娜跟前，把手里的两根绳子头分别交给两个人，然后对姚明说：“告诉她，应该怎么做。”

姚明愣了一下：“我刚才被吓坏了，脑子里的英文单词大概都被甩出去了……”

杨苍山没有搭理姚明，他从地上捡起一根登山杖，大喝一声：“出发！”

杨苍山说完，迈开大步往山下方向走去，腰里的绳子牵动着滑雪板上的皮埃罗，滑雪板又牵动着姚明和卡德丽娜手里的绳子，姚明这才想起来杨苍山的话，急忙向卡德丽娜解释道：“拉紧绳子，控制速度，控制方向，控制安全，明白了吗？”

卡德丽娜点点头，脸上露出笑容，看得姚明血脉贲张。对于保罗的离开，最开心的莫过于姚明，没有保罗在场碍事，姚明越发难以自控，他问卡德丽娜：“你这是第几次来大理？”

卡德丽娜说:“第一次。”

姚明眼里闪过一丝失望:“来大理多久了?”

卡德丽娜说:“今天是第七天。”

卡德丽娜的回答,说明她不是那个把《情感的迷惘》落在火腿子铺子的金发女郎。姚明心里有些失望,知道是自己碰巧了,遇上了两个用同一个香水牌子的金发美女。走在前面的杨苍山回过头来,大声喊道:“你们俩……距离分开,把绳子抻直了,滑雪板……才平稳。”

此刻的马龙峰上,大雪和狂风成了天地间的主宰,人类裹挟其间,如同一片微不足道的树叶,随风起落,任其沉浮。此时,人类能够做的,就是把自己的命运交给上天或神灵。

风势越来越恐怖,杨苍山心里也越来越忐忑,这大概就是班花说的更大的飓风云团靠近苍山。下山的路极为陡峭,杨苍山步履维艰,顶着狂风拉动身后的“雪橇”。眼前是一块平缓的坡地,老黎曾经警告过他,马龙峰上越是平缓的雪地就越是危险。杨苍山不敢贸然迈步,他先把登山杖插进雪里,试探虚实。又一阵狂风刮过来,杨苍山正要拔出登山杖,突然感觉到脑袋受到一股重击,顿时失去知觉。

杨苍山微笑着醒过来的时候,发现自己与皮埃罗并排躺在雪地里,姚明和卡德丽娜正坐在上风口,为他和皮埃罗挡着风。杨苍山觉得额头很疼,伸手一摸,发现鼓起一个大包。杨苍山问姚明,刚才发生了什么。姚明指着他身子下面垫着的滑雪板,说是大风刮过来一块滑雪板,正好砸中他的脑袋。杨苍山问:“哪里来的滑雪板?”

姚明说:“卡德丽娜说……是保罗的滑雪板,板子上……有保罗的名字。”

杨苍山把目光转向卡德丽娜,卡德丽娜一脸忧虑,她从后背上摘下自己的滑雪板,指给杨苍山和姚明看她的名字,与保罗的名字使用的是同样字体,并刻在同一个位置。卡德丽娜哽咽道:“这是我和保罗……在同一家店里……买的滑雪板,不会搞错的。”

姚明见机使眼药:“关键时刻,抛下朋友……背叛女友,算什么……狗屁男朋友。”

杨苍山心里明白,保罗肯定遭遇了不测。他挣扎着坐起来,松开皮埃罗身上的绳子。卡德丽娜有些不解,问杨苍山要做什么。杨苍山说:“给皮埃罗舒筋活血，保持体温。”

关于舒筋活血，卡德丽娜听不懂，姚明也翻译不出来。但是看到杨苍山翻转皮埃罗的身体，在他后背上用力揉搓，就都明白了，两个人加入进来，姚明揉搓皮埃罗的腿，卡德丽娜揉搓皮埃罗的两只胳膊。待皮埃罗发出一声咳嗽，三个人才停下手。皮埃罗望着杨苍山：“杨先生，你不必总保持微笑，你已经……给了我们足够的……安全感。”

杨苍山看着姚明，等着他翻译，姚明笑着说：“你的微笑让他们很有安全感。”

杨苍山把两块滑雪板合在一起，重又把皮埃罗捆绑到滑雪板上，四个人再次出发。

杨苍山没有一味赶路，而是走走停停，还不时地用手电照看四周。终于，在一个低洼处，杨苍山的手电照见了一处黑乎乎的地方，也照见了两点绿幽幽的光亮，刚才消失的云豹又出现了。杨苍山迅速解开腰里的绳子，叮嘱姚明和卡德丽娜待在原地不要动，他独自撑着登山杖，朝着那处黑乎乎的地方走过去。一只云豹走开了，只剩下一盏绿幽幽的亮光徘徊在漆黑处，杨苍山心里纳闷：这只云豹怎么会只有一只眼睛，难道是咬死老黎的那只云豹？

杨苍山嘴里发出很大声的吼叫，他一手摇晃着手电，一手挥舞着登山杖，对着云豹走过去。云豹受到了惊吓，转身躲开了。杨苍山的判断没有错，这是一处石窟，他扒着石窟的边缘，借着手电光亮看见了身着蓝色冲锋衣的保罗。保罗趴在石窟的一块凸出的石台上，一动不动，距离地面大概有十米左右的距离。更加危险的是，石台下面的石窟深不见底，保罗稍一翻身，就可能掉下石窟摔个粉身碎骨。

杨苍山返回时，两只云豹居然截住了他的退路，这一刻，他距离两只云豹只有不到十米的距离。而且，他清晰地看见其中一只云豹的确是只剩下一只眼睛。杨苍山非常紧张，他心里很清楚，在雪地里，两只轻盈的云豹一齐扑过来，他绝无还手之力。同时，杨苍山也很奇怪，云豹是很谨慎的猫科动物，平时都是躲避人类的，为什么今天晚上的云豹这么疯狂？就在杨苍山思量之际，卡德丽娜挥舞滑雪板冲过来，两只云豹慑于卡德丽娜的气势，仓皇往两侧逃去。杨苍山和卡德丽娜不敢耽误，连滚带爬急匆匆奔回到姚明和皮埃罗跟前。杨苍山把发现保罗的情况向三个人做了通报。卡德丽娜迫不及待地起身，要冲过去看看保罗的情况，被杨苍山一把抓住：“我们现在……需要一起行动，谁都不能落单，你们包里……还有绳子吗？”

卡德丽娜摘下背包来，从中掏出一捆登山绳，递给杨苍山。杨苍山问，你们为什么每个人包里都带一捆绳子。皮埃罗说：“登山绳……是户外爱好者的背包标配，在很多意想不到的地方，都有可能……用到绳子。”

三个人拉着滑雪板，把皮埃罗移到石窟边。杨苍山解开皮埃罗身上的绳子，用滑雪板在雪地里挖出一个雪坑，然后把皮埃罗移进雪坑，以避风寒。接下来，杨苍山和姚明一起动手，把石窟边缘的雪清理干净，以避免自己再摔下石窟。卡德丽娜手持滑雪板，站在皮埃罗身边，负责警戒周围神出鬼没的云豹。清理完积雪，杨苍山把保罗的滑雪板搭在石窟上沿，两端正好能够卡住。这时候，雪坑里的皮埃罗叫住杨苍山，问他准备如何把保罗从石窟里救出来。杨苍山说他把滑雪板搭在石窟边上，绑上绳子之后，由他下到石窟里，把保罗系在绳子上，然后让姚明和卡德丽娜通过绳子把保罗弄上来。皮埃罗摇摇头，说保罗的体重很大，姚明和卡德丽娜很难把人提上来。皮埃罗接着说，姚明和卡德丽娜如果只顾着拉绳子，云豹乘机偷袭怎么办。杨苍山想了想，觉得皮埃罗的担心有道理，身材矮小的姚明体重跟卡德丽娜差不多，让这两个人把身材高大的保罗从石窟里拽上来，真的悬。皮埃罗伸手把脑袋下面的背包拉出来，从里面掏出一个铝合金工具来，说是一个半机械下降器，然后详细地教杨苍山如何使用。

依靠这个小玩意儿，能把两个大男人带出石窟来，杨苍山有些将信将疑，他问皮埃罗确定吗。皮埃罗和卡德丽娜一齐点头称是，皮埃罗说，只要你有足够的臂力拉动下降器。卡德丽娜也让杨苍山放心，说，现在攀登珠峰的专业登山队，使用的就是这样的下降器。没有《英汉词典》，姚明把三个人的对话翻译得支离破碎，好在大家的注意力比较集中，仅通过一些单词组合，也能够理解彼此想要表达的重点。

下降器也被称作上升器，是登山和攀岩的专业工具，历经近百年的演变和改进，几乎已经达到人工使用的最佳性能。皮埃罗和保罗都是登山、攀岩、滑雪的户外极限运动发烧友，对这个行业里的先进技术和装备了如指掌。

皮埃罗在登山绳的另一头打了供两个人使用的简易安全带。因为绳结结构比较复杂，他只告诉杨苍山哪两个扣子套住双腿，哪两个扣子套住双臂，看得杨苍山和姚明眼花缭乱。看着杨苍山目瞪口呆的微笑，皮埃罗笑着对杨苍山说："等下山后，我教会你……打三十种绳结。"

杨苍山掏出手机，给班花打了一个电话，问她气象云图有没有好转。班花给了他一个更大的噩耗，说飓风云团越积越厚，此刻还未到达苍山，让他们抓紧时间撤离。杨苍山告知班花，说保罗跌入石窟，此刻生死未卜，他正准备下到石窟营救。班花闻听，瞬间沉默了。杨苍山迟疑了三秒钟，对班花说："我现在……以一个警察的名义，正式请求增援。"

班花说："我不是领导，你怎么向我请求增援？"

杨苍山说："我低估了气候，这不是……不是普通的营救，也不是普通的增援，你爸爸……是武警支队政委，我请求武警特训队增援。"

八

杨苍山通过下降器，小心翼翼下到石窟的石台上。石台上落了厚厚一层积雪,保罗趴在石台上,还是一动不动。杨苍山锁住下降器,固定好自己的身体,俯身探视保罗,发现他脉搏跳动正常。这一刻,石窟里的杨苍山终于摆脱了耳边响彻一晚上的狂风,顿时觉得世界清静极了。

突然,寂静被打破,杨苍山听到一阵自地底下传来的沉闷响声,感觉像是捕捉到了天外宇宙的电闪雷鸣。一丝不祥的征兆如闪电般划过他的脑海:雪崩!

杨苍山急忙放开保罗,站起身来呼喊姚明。在上方等待接应的姚明用手撑着搭在石窟岩上的滑雪板,探下半个身子,才听清楚杨苍山发出的雪崩警告。他站起身来，遥望身后的马龙峰，除了疯狂飞舞的雪花，什么都看不见。但是，姚明感觉到了脚底下传来的微微震动，石窟边沿上的积雪开始抖动起来，然后纷纷落下石窟。

石窟里轰鸣声越来越清晰，杨苍山打开下降器的锁柄，用力拉动，沿着登山绳迅速攀上石窟。杨苍山冲到皮埃罗跟前，拉着他的滑雪板拖至石窟上方，冲着姚明和卡德丽娜喊道："雪崩，进石窟里面躲避，快！"

好在皮埃罗滑雪板两端的登山绳够长，杨苍山和姚明一人拽住一端绳索，将其顺进石窟中。顺着卡德丽娜手电筒的光亮，上方三个人可以清楚看到积雪扑簌簌落满皮埃罗一身。脚下的震动越来越强烈，这种震撼远超过飓风十倍、百倍，所有察觉到的人的眼里都充满了恐惧。他们似乎已经感受到积雪裹挟的凉意，这股凉意不仅能钻进脖颈，还能钻入心里。

等皮埃罗降落在保罗身边的石台上后，杨苍山一手抓住卡德丽娜的手臂，另一只手抓住姚明的手臂，把两个人的手放在登山绳的下降器上，让他们俩先下石窟。

就在两个人即将下降的刹那，杨苍山迅速抓到卡德丽娜后背上的滑雪板，卡德丽娜几乎没有反应的时间，就用左手换出右手抓握下降器，并迅速伸出右手，让杨苍山顺利地摘走她后背上的滑雪板。

这一刻，只有姚明的恐惧感不那么强烈，他很喜欢杨苍山的安排，赶紧用手握住卡德丽娜紧抓下降器的手，腾出另一只胳膊用力抱住卡德丽娜的身体，那股熟悉的香水味道瞬间超越了雪崩带来的恐惧，先行抵达姚明的心里。姚明把鼻子贴近卡德丽娜的金发，深深地吸了一口，无比陶醉地闭上眼睛，浑然忘了自己命悬一线。此一刻，姚明恨不得这段下降过程长些、再长些，哪怕是降落到地狱，他也不觉得畏惧。

“轰隆隆”的巨响如天崩地陷般窜来，把陶醉中的姚明和昏迷中的保罗双双惊醒，一股喷薄的积雪劈头盖脸砸进石窟。仰面躺在石台上的皮埃罗一直开着手电筒，恐惧地目睹了整个过程，他心中暗叫一声“完了”。皮埃罗闭上了眼睛，两滴泪水也随即溢出深陷的眼窝……

渐渐地，落雪停了下来，但是“轰隆隆”的巨响在头顶上延绵不断。姚明和卡德丽娜一齐打开手电，照向头顶上方的石窟洞口，发现杨苍山双手抓着滑雪板，晃晃悠悠地荡在半空中。更让众人瞠目结舌的是，一只云豹挂在杨苍山的一条腿上。原来，在雪崩冲击到石窟洞口的一刹那，将一只云豹也卷了进来。杨苍山抱着卡德丽娜的滑雪板跳入石窟时，失去重心的云豹在空中乱扑乱抓，正好抓住了他的右脚，一只锋利的前爪已经深深地嵌入杨苍山的脚踝。杨苍山摘下卡德丽娜背后的滑雪板时，就已经在心中设计好了，他在被雪崩冲进石窟的瞬间，把滑雪板横在洞口，挡住雪崩带来的积雪。两块滑雪板，一块坠着姚明和卡德丽娜，另一块坠着杨苍山和云豹，这才没有被雪崩的气浪和冲击掀开，这完全是紧急时刻的巧合，才使得石窟里五个人免遭灭顶之灾。此刻，云豹心里也清楚，它抓住的不是一根树枝，而是一个活生生的人，所以，云豹犹豫了片刻，开始顺着杨苍山的左脚往上攀爬。杨苍山低头看了一眼脚下，竟然是那只独眼云豹，他忍住疼痛，抬起右脚对着云豹的脑袋狠狠踹去。三年来，杨苍山每次上苍山都带着枪和足够的子弹，他一心巴望着遇到那只咬死老黎的独眼云豹，打死它为老黎报仇。作为森林警察，亲手射杀国家一级保护动物，意味着他会被开除出警察队伍，甚至有可能被判刑。杨苍山早就评估过种种后果，他觉得还是要杀死云豹，因为自己不能背负着对老黎一辈子的歉疚。此刻，不用枪，只要用脚就能解决云豹，更显快意恩仇。杨苍山踢踹到第三脚的时候，云豹松开嵌入杨苍山脚踝的那只爪子，来反扑杨苍山的右脚。杨苍山趁云豹松开一只爪子，赶紧又在它的脑袋上补了一脚，云豹闷哼一声，抓着杨苍山一只皮鞋摔下石窟。云豹被凸出的石台挡了一下，接着摔进更深的石窟下面。

杨苍山顺着另一块滑雪板上的登山绳滑到石台上的时候，姚明和卡德丽娜把他紧紧抱住，像是担心他还会被雪崩带走一样。刚刚经历了一场生死考验，众人心里起伏跌宕，脸上均有戚戚之色，唯独杨苍山微笑依旧。在这样的极端环境里，这张笑脸给其他人带来了莫大的温暖和安全感，让绝望的人们看到微笑，也看到希望。

杨苍山走到保罗身边，给他检查身体。好在石台上有很厚的落雪，保罗的四肢没有骨折，只是右侧胸口剧痛，大概是肋骨骨折。杨苍山让保罗咳嗽几声，吐了几口唾沫，没有发现血迹，说明肺部没有受伤。保罗几乎没有说话，但是眼神中偶露羞愧之色。皮埃罗坐起身来，从背包内掏出一瓶水递给保罗，他没有谴责保罗独自逃生的不义之举。倒是作为女朋友的卡德丽娜神情有些冷漠，甚至没有一句嘘寒问暖的话。姚明把这一切看在眼里，心中不免窃喜：中外美人爱英雄，卡德丽娜心里的天平已经倾向自己了。

持续了大约十分钟左右,头顶上雪崩的巨响声消失了,石窟中宁静至极,甚至可以听见自己心跳的声音。被狂风虐了一夜的五个人,此刻居然很享受这样的宁静。石窟中这个凸出的平台很小,五个人挤在上面满满当当。保罗率先打破了沉寂,他问道:“我们下一步怎么办?怎么出去?”

杨苍山说:“耐心等待就可以了,我已经请求增援,如果不出意外的话,武警特训队这个时候应该在路上了。”

杨苍山掏出手机来,想把自己所处的大概位置告诉班花,却发现没有一点儿信号。皮埃罗指了指头顶,示意杨苍山到石窟洞口打电话试试。杨苍山套上皮埃罗用登山绳编结的简易安全带,再把安全带挂到下降器上,沿着绳索很快攀到洞口。现在,杨苍山已经可以熟练使用下降器了,他锁住下降器,把自己悬挂在洞口,掏出手机来,发现还是没有任何信号。他忽然醒悟过来:肯定是雪崩摧毁了马龙峰上的手机信号塔。

杨苍山用手抠着头顶上的雪,把另一块滑雪板抠到松动,他提醒下面石台上的人贴紧石壁,因为他要抽掉一块滑雪板,让石窟上的堆雪掉下来。卡德丽娜从背包里掏出两枚岩塞，在石壁上寻到两个缝隙，插入岩塞做了固定，然后用绳子连接上两枚岩塞，把石台上的四个人全都圈在登山绳里面。看到下面准备停当，杨苍山小心翼翼地抽掉滑雪板，却发现石窟口上的积雪纹丝不动。他摘下挂在腰上的登山杖捅了捅，突然感觉登山杖触碰到了坚硬之物，待他用登山杖捅开一层积雪后，才发现是一块巨石封死了石窟入口。杨苍山顿时感觉情况严重起来，如果不能从洞口出去，救援队又不知道他们的具体位置，就算是武警特训队来了也没有用。

杨苍山下到石窟内，把石窟口的状况和自己的担心说出来，等姚明翻译完毕，众人全都沉默下来。沉默中，杨苍山的肚子“咕噜”响了一声，他才感觉到自己饿了，昨天没有吃晚饭，又折腾了一晚上。杨苍山让姚明问三个人要一点儿吃的东西，卡德丽娜从背包里掏出两根巧克力棒和几块风干牛肉，递给杨苍山和姚明。杨苍山一边吃一边说：“从现在开始，食物和水要统一管理，每个人按量分配，因为我们还不知道会在石窟里待多久。”

听完姚明的翻译，保罗首先提出异议，他对姚明和杨苍山说：“我们三个人背包里都有食物，但是只够个人一天的量，你们两个没有食物，凭什么来分我们的食物？”

没等姚明说话，卡德丽娜对保罗说：“你这样说话太过分了，他们俩是为了援救我们才上山的。”

保罗对卡德丽娜说：“你见过只有两个人的救援队吗？我怀疑他们俩是骗子，因为我们都知道，中国到处是骗子。”

皮埃罗也很生气：“你见过拿命来行骗的人吗？你的食物留着自己吃吧，我愿意跟他们一起分享。”

等杨苍山明白了他们之间的对话后，他对众人说：“现在是极端环境里的非常时期，请原谅我无法尊重个人行为，换句话说，任何个人的行为都要符合我们这个团队的利益。”

说完，杨苍山硬生生地抢过保罗身上的背包。保罗想拼命夺回背包，却触动了断裂的肋骨，惨叫一声捂住胸口，眼睁睁地看着杨苍山抢走背包。保罗对着卡德丽娜和皮埃罗喊道：“你们看清楚了吗，他是强盗，他在抢我们的食物。”

杨苍山把右手伸进保罗的背包，突然大叫一声，赶紧把背包扔到地上，再看右手食指已经鲜血淋漓。杨苍山问保罗：“你的背包里装了什么？”

姚明情知状况有变,赶紧翻译给保罗。保罗闻听,把脑袋扭到一边,不再理会杨苍山和姚明。几只手电筒一齐照着保罗的背包,杨苍山小心翼翼打开背包,竟然从里面捧出一只瑟瑟发抖的云豹幼崽。皮埃罗和卡德丽娜同时惊呼一声,卡德丽娜用鄙夷的眼神看着保罗:“你居然偷了它们的孩子!”

瞬间,杨苍山似乎明白了,怪不得那两只云豹一直尾随众人,原来是保罗偷走了它们的幼崽。所以,独眼云豹不全然是被雪崩卷进石窟的,它很可能意识到要与自己的孩子生死分离,才不顾一切扑进石窟,舐犊之情不啻人类。

杨苍山审视着三个意大利人,脸上仍旧挂着笑意:“我现在怀疑你们挑战滑雪极限是假,偷猎我们国家一级保护动物才是你们此行的真正目的。”

等到姚明翻译完了,杨苍山接着问道:“谁来说说,这是怎么回事?”

皮埃罗说:“我来说吧,我们三个人上山的时候,想抄近道,结果在森林里面走迷了路,便遇到了这只小豹子幼崽。因为不知道是什么动物,我们就拍了照片,上传到了网络论坛,论坛上有人说是中国的云豹,据说在国际市场上十万欧元都买不到。我们三个人逗着小豹子玩了一会儿，就赶紧离开了，因为怕被小豹子的父母撞见，发生误会。我们三个人还开玩笑地说，我们刚刚与十万欧元擦肩而过。”

卡德丽娜接着皮埃罗的话说道：“我们刚走出去不远，保罗说要找地方方便一下，然后去了很久才回来。”

卡德丽娜转头问保罗：“你是不是趁着那个时间，回去偷走了云豹？”

保罗说：“这怎么算是偷，万一它是被遗弃了，被别的动物吃掉怎么办？我回去把小豹子带走，也是保护了它。”

皮埃罗对保罗说：“你在狡辩！我们今天开始滑雪的时候，当我跳下第一个悬崖，就看到两只云豹横在我下滑的路线上，要不是躲避云豹，我怎么会在那里摔倒跌断腿。你如果真的是为了保护云豹幼崽，在那个时候，你心里最清楚，应该把幼崽还给它们。”

姚明一边给杨苍山翻译，一边不忘声讨保罗，他指着杨苍山对保罗说：“你刚才看到警察出现了，便想带着云豹幼崽逃跑，不要抵赖了，你就是一个自私的小偷。”

杨苍山听完姚明的翻译，心里已经十分清楚其中的来龙去脉，他扳过保罗的脑袋，指着他左脸颊的三道伤痕，问道："这是云豹的爪子留下的痕迹，你刚才滑雪滑到这里，是不是遭到云豹的袭击，才摔下石窟的？"

保罗点点头，把脑袋重新扭到一边，不再说话。杨苍山把保罗背包里的食物全部掏出来，然后把云豹幼崽装回背包，扔还给保罗："从这一刻开始，你负责保护这只云豹。"

杨苍山接着又对卡德丽娜说："所有食物装进你的背包，从现在起，你来负责保管和分配食物。"

绝望的气氛在石窟里弥漫，因为沉默是绝望最好的佐证，所有人不再言语。恐惧的情绪在人心里或多或少地聚集，他们每个人或许都已经想到了死亡。

九

姚明为了打破沉闷，他小声问卡德丽娜，平时喜欢读什么书。卡德丽娜似乎也没有谈兴，随口说了几个作家和一些作品，好像都是意大利现代的作家，姚明一个都没听说过，作品一本都没有读过。姚明唯一的长项，就是自觉读了很多欧洲文学作品，如果这一点都不能吸引卡德丽娜的话，那么，自己还有什么拿得出手的才华呢？

姚明不甘心，他又问卡德丽娜，有没有读过《情感的迷惘》。卡德丽娜说她不是很喜欢茨威格的作品，大段大段的心理分析容易让人思维脱离。姚明没有听过“思维脱离”这个词儿，正在他贫乏的单词记忆库里苦思冥想，忽然听到杨苍山说：“大家都休息会儿吧。”

姚明心里有些悻悻，觉得在自己的精神世界里，盘桓三年之久的金发美女正在渐渐远离。

温度也许是最后杀死他们的凶手,所有人都感觉到身上的热量在流失,而窄小的石台上,也无法容得下他们活动四肢。五个人挤在石台上,只好各自闭目养神。为了节省电池,大家都关闭了手电,石窟内一片漆黑,偶尔传来云豹幼崽“吱吱吱”的轻微叫声。

沉默了好一阵子,卡德丽娜突然小声地问道:“我们会死在这里吗？”

卡德丽娜的语气没有指向问谁,似乎是在自言自语,所以没有人回应,因为这是每个人心里纠结的疑问。杨苍山从卡德丽娜问话的口吻,以及众人的沉默里,已经猜出来她的问话,他稍微振作一下,说道:“不管什么时候,都不能绝望,外面的人会想办法的,我们自己也要坚强。”

姚明翻译完杨苍山说的话，卡德丽娜说:“杨,你把那只豹子踢下石窟的样子很酷啊。”

卡德丽娜突然冒出这么一句话,杨苍山觉得很诧异,他问姚明:“我刚才鼓励大家不要绝望,你翻译对了没有？”

姚明说:“那么简单的口水英语,好莱坞大片里比比皆是,我怎么会翻译错呢。”

杨苍山顿了顿，对卡德丽娜说:“我踢那只豹子，不是酷,是恨。”

卡德丽娜问道:“你为什么恨一只豹子？”

反正闲极无聊,杨苍山便把他、老黎和豹子的恩怨纠缠讲给四个人听。姚明也是第一次听到杨苍山的这段经历,每每听得入迷忘了翻译,都是卡德丽娜催促他。杨苍山讲完这段故事后,大家又陷入沉默,这一次沉默,应该是在品味杨苍山的经历,他们暂时搁下了死亡的恐惧。皮埃罗问杨苍山:“现在,豹子死了,你觉得解脱了吗？”

杨苍山说:“没有。”

皮埃罗问道:“为什么？”

杨苍山说:“我觉得心情更复杂了,因为我是森林警察，我的职责就是保护像云豹这样的珍贵野生动物。可是,我杀死了这只幼崽的妈妈。”

卡德丽娜安慰杨苍山:“这个不能怪你,因为豹子刚才危及了你的生命,老黎不是说过,任何时候,人命都比国家一级保护动物的命金贵。”

皮埃罗接着卡德丽娜的话，说道:“追根溯源,问题还是出在人的身上，如果不是人类进入了豹子的领地，如果当初不是偷猎者先袭击豹子，就不会有接下来的事情。”

一直以来，杨苍山都觉得杀死独眼云豹，为老黎报仇之后，自己就会从负疚感中解脱出来。就在刚才，他名正言顺并快意恩仇地把云豹踢下石窟，可是他并没有感受到丝毫轻松和解脱，反而，在他心里一直想着老黎抓在手里的猎枪。就算是老黎与豹子的贴身距离太近，没办法开枪，可是，当豹子转身离去的时候，刚刚从麻醉中醒过来的豹子，动作肯定相当迟缓，老黎为什么不开枪……

杨苍山从口袋里面掏出一盒玉溪牌香烟，摸索着抽出一支，用打火机点烟。借着火光，杨苍山刚好看到皮埃罗睁开眼，便抽出一根香烟递给他。皮埃罗很是开心，接过香烟来，杨苍山给他点燃香烟。大概是闻到香烟的味道，大家纷纷睁开眼睛，于是，杨苍山把香烟一一分给大家，包括卡德丽娜。为了安全起见，杨苍山打开一支手电筒照明。大概是尼古丁的作用，众人有了说话的兴趣。皮埃罗深吸一口烟，问杨苍山：“你们上山救援，怎么会只来两个人呢？”

姚明没有给杨苍山翻译，直接用英语对皮埃罗说："苍山上几乎天天都有游客迷路、走失、受伤，他们警察天天上山救援，已经一个月没有休息了。今天，不对，是昨天突然变天，苍山上中午就把游客撤离下山了，所以，这些警察以为不会有救援任务，各自忙活各自的事情去了，只剩下他一个……其实他也有事，他要给丈母娘腌黄焖鸡。可他接到你朋友的求救电话，又不好意思麻烦其他警察，所以就把我拖上了。"

卡德丽娜问道："Yellow smothered chicken 是什么鸡？"

姚明说："是大理的特色美食，中文发音是'黄焖鸡'。"

保罗服用了自带的抗生素药，精神状况略微好转，他吐着烟圈说："中国人很聪明，心思大都用在吃上了。"

姚明有些生气："中国古代有四大发明，没有一样是跟吃有关系的。"

保罗说："总是提你们的四大发明，但是人类进步最快的是工业革命以来，自工业革命后，中国对世界的贡献是什么？仅仅是人口而已。"

姚明有些语塞，便把保罗说的话，翻译给杨苍山听。杨苍山此刻正在琢磨：独眼豹子死了吗？应该没有死，豹子非常灵活，就像猫从房顶上跳下来，都不会摔伤是一个道理……

听完姚明的翻译，杨苍山看着保罗说："正是中国的人口给了世界机会，给欧美发达国家提供了巨大的市场，苹果手机在你们意大利的销量，应该还不如中国的一座城市吧。"

皮埃罗和卡德丽娜对保罗的訾议很是不满，卡德丽娜想把话题引开："中国有悠久的历史和古文明，一座石碑就有几千年的经历。"

保罗不屑地笑道："能够刻在石碑上的都是帝王，几千年的石碑刻的内容都是一样的，说明中国人只会在原地转圈圈，没有往前走。"

皮埃罗说："中国拥有全世界最多的现代化都市，如果只在原地转圈圈，怎么会有这么多成就。"

保罗说："这里有表象繁荣和传统精髓的区别，我举个例子，拆掉古罗马斗兽场，建一座现代化商业中心，到底是文明的进步，还是文明的堕落？"

杨苍山刚要反驳保罗的话，他突然发现手电筒光柱里的烟雾扭成一股，钻进石台下面黑漆漆的石窟深处。杨苍山坐起身来，用手电照着石台下方的洞窟，发现并非深不可测。他深吸一口烟，吐向石台下方，烟雾没有沿着石窟一直往下走,而是斜斜地拐进石台下方一个洞窟里。众人看着杨苍山目不转睛地盯着手电筒的光柱,忍不住全都凑过头来探望。杨苍山如法炮制,又深吸一口香烟,吐向石台下方,众人方才醒悟过来:有空气流动才能吸走烟雾,能够吸走烟雾必定会有出口。

顺着滑板上的绳子,杨苍山第一个下到石台下的斜洞里,这是一个溶洞。下来之前,皮埃罗让杨苍山穿上自己的靴子,说他躺在滑雪板上用不着靴子。杨苍山的皮鞋被独眼云豹拽掉了,跟着豹子一同跌下石窟深处。杨苍山觉得皮埃罗说的有道理,也就不再推辞,他第一次穿上专业装备,站起来走了两步,觉得很舒适,虽然鞋码稍微大了一点儿。

眼前的溶洞一路下坡,杨苍山往前走了大约一公里的距离,越走越宽敞。他顿时对脱险充满了信心,因为苍山十九峰有无数石窟和溶洞,不管是洞还是窟,必定有出口。杨苍山折头返回,站在石台下的斜洞口,把自己的发现和想法告诉大家,他觉得与其坐以待毙在这里冻死,不如冒险闯一闯溶洞。皮埃罗有些犹豫,他说全世界每年死于探洞的人不比登雪山的少,溶洞的尽头到底通往何处,谁也无法预料。众人知道他说的是实话,对于一个深藏地底的未知世界,所有人类都充满恐惧。

皮埃罗又说:“我倒不是畏惧溶洞,我热爱所有极限运动,包括探洞。但是,我现在断了一条腿,无疑会成为团队的累赘。所以,在这趟探险启程之前,我想先做一个申明,如果,在这趟行程里,因为我的原因累及整个团队,请你们放弃我。你们若是不同意,我就坚持留在这个石台上。”

一时间,所有人都默不作声。沉寂了一会儿,卡德丽娜说:“我同意,我也做一个相同的申明,如果我累及整个团队的安全,也请你们放弃我。而且,我觉得这个申明可以成为今后溶洞探险的规则, 我建议就叫‘皮埃罗规则’。”

听完姚明的翻译,杨苍山问道:“‘皮埃罗规则’是不是违背人道主义精神呢?”

姚明贫乏的单词库里压根儿就没有装过“人道主义” 这个词, 只好把杨苍山的话翻译成:“‘皮埃罗规则’是法西斯行为。”

卡德丽娜笑着问姚明:“我刚才听杨先生是疑问句口吻,你怎么给翻译成肯定句口吻了?”

姚明尴尬地笑了笑:“意思差不多,差不多。”

皮埃罗对杨苍山说:“你不是极限运动爱好者,你没有上过八千米的高峰, 也没有进入过地心深层,在这些极端环境里,所有主义和信仰都抵不过生存。在珠穆朗玛峰八千六百米的高度,有一位登顶成功后下撤的法国人倒下了,上行下行有一百多人路过他的身边,没有人肯对法国人施救,因为在那样的极端环境里,你去救一个人,无异于自杀。我能体会路过的一百多人的心理感受,他们内心肯定是挣扎煎熬的,但是没有办法,他们首先要保障自己能够活着下山。”

皮埃罗的一番话中,专业的技术用语太多,姚明一边翻译,一边要跟皮埃罗沟通,最终搜肠刮肚,连蒙带猜,杨苍山倒也明白了大概意思。杨苍山觉得“皮埃罗规则”虽然冷酷,倒也合理。皮埃罗在自己断一条腿的境况下, 能够主动提出这样一条对自己不利的规则,足见他是一个顾全大局的人。想到这些,杨苍山也没有不同意的理由, 他觉得遇到具体情况再针对处理。于是,大家举手表决,一致通过。卡德丽娜建议,五人团队应该有一个名字。姚明说地处苍山,领头大哥也叫苍山,干脆就叫苍山团队。众人听完姚明的解释,一致称好。

皮埃罗和保罗的上肢都没有问题，可以自如使用下降器，四个人依次滑降，进入石台下方的溶洞。卡德丽娜的户外经验很多，她最后一个下来，并负责收拾登山绳和下降器。皮埃罗再三叮嘱，溶洞里面情况复杂，要带上尽量多的绳子。三根绳子和三块滑雪板，已经有一块滑雪板和一根绳子无法回收了。剩下的工具，还有两块滑雪板、一根绳子（另一根绳子被截断成三截，用来捆绑皮埃罗）、一颗岩钉、两个下降器、两枚机械岩塞、三把铁锁。

虽然还无法确定这个溶洞能否让大家逃出生天，但毕竟有了生的希望，众人开始收拾物品，准备进入溶洞。卡德丽娜小心翼翼地捧着云豹幼崽，帮着保罗装进他的背包，小家伙瞪着一双惊恐的眼睛，不安地看着陌生的环境和陌生的人类。杨苍山突然叫住大家，说要耽误几分钟的时间，下到石窟下面去看看那只云豹怎么样了。大家都理解杨苍山的心情，知道他要亲自看到死去的云豹，才能从往日那段经历中解脱出来，他需要亲眼见证的仪式感。卡德丽娜在溶洞口只找到一条石缝，固定好了一枚岩塞，第二个固定点只好使用仅有的一颗岩钉（岩钉为一次性使用，嵌入岩缝后便无法回收）。保罗坐在洞口休息，对杨苍山此举很是不解,觉得他耽误时间并浪费资源。

杨苍山戴上一顶头灯,顺着登山绳缓缓降落进石窟。这是一个“S”形石窟,所以看不见石窟底部,实际深度将近三十米。杨苍山落地后,差点一脚踩到躺在石窟里的云豹。杨苍山先察看云豹的脑袋,的确是少了一只眼睛。然后又察验了云豹的后腿,果然有一条伤疤,那是三年前偷猎者在它身上留下的枪口。杨苍山深深地叹了一口气,站起身来的时候,突然发现独眼云豹一起一伏的肚子,它竟然还有呼吸。杨苍山急忙从地上抓起一块大石头高高地举过头顶,对着独眼云豹的脑袋念叨着:“怪不得我心里没有轻省,原来是你还没有死……”

杨苍山念叨完了,石头久久没有落下来。云豹大概是摔得晕死过去了,躺在地上一动不动,只有一起一伏的肚子表示它还活着。杨苍山高举起来的石头落不下,是在纠结一个事儿:咬死老黎的云豹,老黎最终没有射杀,却由我来打死它,老黎若是神灵有知,他是该欣慰,还是该难过?

而更让杨苍山挣扎的是:打死独眼云豹,我就真的解脱了吗?打死独眼云豹,它的幼崽怎么办?

最终让杨苍山把高举的石头放下的,还是他森林警察的职责。老黎临终不是说过吗,“不要忘了我们入警的誓言,还有当年穿上警服的初心”。

杨苍山攀上绳索,回到溶洞洞口的时候,卡德丽娜问他云豹摔死了没有。杨苍山摇摇头,他问卡德丽娜要了一根轮滑轴和她的滑雪板,接着又要下到石窟。姚明似乎明白杨苍山要干什么,他追问了一句:“你确定要这样做吗?”

杨苍山点点头,把下降器重新连接到登山绳上。保罗大声说:“你不可以这样干,那只豹子已经杀死了你的搭档,难道你也要让我们陷入危险境地吗?”

听完姚明的翻译,杨苍山对保罗说:“救你们,是我的义务;救那只豹子,是我的工作职责,你明白吗?”

保罗很不甘心:“你的搭档曾经说过,任何时候,人命都比国家一级保护动物的命金贵,难道你忘了吗?”

杨苍山举起手里的轮滑轴,对保罗说:“按照你们滑雪的速度,你们用不了半个小时就能滑到雪线,如果皮埃罗不受伤的话。所以,今天我们被困在这里的起因,都是因为你的贪婪和愚蠢。我会在保障人的生命安全的前提下,再来救护豹子的。而且,由我来代理豹子执行‘皮埃罗规则’。”

说完，杨苍山的半个身体已经下到了石窟，皮埃罗突然扔过来一件东西，并对杨苍山喊道："带上这个。"

杨苍山接过皮埃罗扔过来的东西，一看居然是一捆胶带，心中暗暗称道，他刚才在石窟底下的时候，就在盘算着如何控制独眼云豹，觉得如果有胶带就好了。杨苍山把胶带装进口袋里，冲着躺在滑雪板上的皮埃罗伸出大拇指，随后便滑下石窟。

杨苍山下到石窟底部的时候，幸好独眼云豹还没有醒过来，他急忙掏出胶带，先捆绑住云豹的四肢，把两条前腿和两条后腿从头缠到尾。然后把轮滑轴横着塞在云豹的嘴巴里，再用胶带裹缠住轮滑轴两头，拉紧后绕在它的脑后，令云豹的嘴巴无法咬合。最后，杨苍山把捆绑着像粽子一样的独眼云豹搬上滑雪板，像皮埃罗一样，把云豹绑缚在滑雪板上。刚刚忙活完，突然，杨苍山感觉到有东西砸落到脑袋上，原来是连接在自己腰上的登山绳，从上方跌落下来。杨苍山心中一惊，登山绳被卡德丽娜固定在两个保护点，绝无可能自行脱落。如果不是自行脱落，那就是人为所致，谁会干这样的事情呢？杨苍山想到的第一个人就是保罗，保罗的性格相对自私，他刚才就不同意杨苍山下来救独眼云豹。杨苍山捡起地上的登山绳，发现绳头的另一端有被利器切割的痕迹。他仰起脖子，大声呼叫姚明，石窟中却只传来自己的回响。三十多米高的“S”形石窟，中间有一段十几米的石壁光滑如镜，任何人都难以攀爬。杨苍山心里清楚，没有了登山绳，自己肯定逃不出去。皮埃罗他们只有三根登山绳，一根挂在石窟的入口，无法回收。另一根登山绳被截成好几段，用来捆绑皮埃罗，登山绳一旦截断就无法再当作登山绳使用了，因为下降器无法通过绳结。刚才跌落的这根登山绳是最后一根，也是最长的一根……

此时，独眼云豹已经苏醒过来，它拼命扭动身体，嘴里发出“呜噜呜噜”愤怒的低吼。杨苍山低头看了一眼独眼云豹，一时半会儿猜测不出上面究竟发生了什么。他颓然地倚靠在石壁上，慢慢地坐下来，死亡的恐惧再次袭上心头。风华正茂的年纪，杨苍山几乎从来没有考虑过死亡，他觉得那是一件距离他很遥远的事情。怪不得中国警察的平均寿命只有四十五岁，像自己这么年轻死去，就会把警察的平均寿命降低若干平均值……这一刻的杨苍山心如乱草。头灯的光亮照到独眼云豹，云豹大概受伤不轻，已经停止了无谓的挣扎，老老实实地躺在滑雪板上。看到独眼云豹，杨苍山就会想到老黎。老黎的死，对于他触动莫大，他戒了酒，戒了冷漠，戒了颓废，学着老黎穿上警服步行上下班，像老黎一样管着闲事儿，时常提醒自己入警的誓言和初心。一个警察该做的，他做了。一个警察不该做的，他也做了。即便如此，他还是常常失眠，背负着对老黎的愧疚，艰难地生活了三年。他还想起了周璇，他对周璇算不上有多少了解，但他还是想早点结婚，用一个现实中的女人来掩埋心里的一个男人……

“咚咚咚”，杨苍山听见几声沉闷的敲击声，他判断应该是石块敲击岩壁的声音。他站起身来，再次仰起头来呼喊姚明，忽然，发现一个亮晶晶的物件，荡荡悠悠缓缓落下。杨苍山赶紧伸手，接过那个亮晶晶物件，发现竟然是一条十字架项链，项链后面是一根极细的、近乎透明的鱼线。送下来一条十字架项链干什么用？鱼线也是户外背包的标配吗？杨苍山琢磨着，琢磨着，突然恍悟过来，他急忙抓起地上的登山绳，系在鱼线上。果然，不一会儿，鱼线收了起来，登山绳重新挂到了岩壁的固定点上。

当杨苍山再次升到洞口的时候，挂在他腰间的滑雪板上，捆绑着只能扭动脖子的独眼云豹。看到独眼云豹被杨苍山拾掇得像个包裹的粽子，众人也放心了许多。大概是第一次看见这么多人,独眼云豹的情绪躁动不安,拼命扭动脖子。杨苍山让卡德丽娜先把云豹幼崽拿出来,让云豹妈妈给孩子喂会儿奶。大概是看到自己孩子的缘故,独眼云豹平静下来,低下头来静静地看着怀里的幼崽吮吸奶水。

杨苍山问姚明,刚才是怎么回事。姚明看了一眼保罗,对杨苍山说:"保罗担心你把豹子带上来祸害大家,他割断了你的绳子,我和卡德丽娜制服了他,当然主要是我制服了他,卡德丽娜用鱼线坠上她的项链,又把你的绳子钓上来。"

杨苍山倒吸一口凉气,心中不免感叹:独眼云豹为了救自己的孩子舍生向死,堪比人性。而保罗担心独眼云豹对他造成伤害,居然割断绳子不惜让自己葬身石窟,于情于义都输给一头野兽。杨苍山对姚明说:"你告诉保罗,他现在已经涉嫌偷捕国家一级保护动物罪,刚刚又涉嫌谋杀罪,他如果再敢肆意妄为,我们就对他实施'皮埃罗规则'。"

姚明没顾得上翻译,先问杨苍山:"我跟卡德丽娜是不是很般配?一个美貌有智慧,一个英武有才华。"

杨苍山检查着独眼云豹的捆绑,头也不抬地说:"卡德丽娜的确美貌,你嘛,也很像一只鹦鹉(英武)。"

杨苍山和保罗抬着皮埃罗的滑雪板，卡德丽娜和姚明抬着独眼云豹的滑雪板，五人二豹进入了溶洞。沿途遇到狭窄处，有时只容一个人匍匐通过，皮埃罗倒也省劲儿，只需先通过的人拽拉绳子，就能把他连人带滑雪板拖过去。独眼云豹也是照方抓药，基本上由姚明拖着行走。独自照顾自己的保罗可就苦了，匍匐前行时，每往前挪动一下，都会牵动断裂的肋骨，人最终也过去了，身上却疼出一身汗。

苍山团队一行五人二豹，在狭窄阴暗的溶洞里，朝着未知的世界进发了。

十

溶洞深处的温度很是适宜,杨苍山和姚明甚至松开了棉服的拉链,觉得身上已经汗津津的。有一支手电筒和保罗的头灯已经没电了。为了节省电量,杨苍山让姚明关闭了手电,只有他开着一盏头灯,打头看路。

溶洞的走向并不是一味下坡路,终于,在一处接近二十米高的峭壁前,苍山团队被阻挡住了。皮埃罗从滑雪板上坐起来, 用手电反复照看眼前的峭壁,寻找可以攀登的线路。峭壁上的错层钟乳石很多,他和保罗如果不受伤的话,可以轻而易举地攀爬。在剩下的三个人当中,只有卡德丽娜有攀岩经验。眼前这块峭壁,攀登难度虽然不大,但是属于无保护攀登,不知道卡德丽娜的心理素质是否过硬，保罗心里没有把握。

卡德丽娜也觉得自己责无旁贷，她用手电把皮埃罗指示的攀登路线上上下下看了好几遍，背上唯一一根登山绳准备徒手攀登。杨苍山心里清楚，这三个年轻的意大利人在户外运动经验方面，远超过自己和姚明，由卡德丽娜出面解决眼前这道障碍，应该是最合适的。

就在卡德丽娜即将要攀登时，姚明却一把拉住她，说由他来完成。卡德丽娜问姚明，你此前有过攀岩经历吗。姚明说自己有过爬树的经历，就在前半夜。皮埃罗摇摇头，坚持让卡德丽娜来完成攀登。姚明抓住卡德丽娜没有松手，他说："大理男人没有这个规矩，几个老爷们儿在下面看热闹，让一个女人来冒险。"

姚明不由分说，便把卡德丽娜身上背的登山绳摘下来，斜挎在自己肩膀上，按照皮埃罗指示的线路开始攀登。在距离地面大概有七米左右的地方，姚明遇到了第一道障碍，他的手抓不到任何支点。因为在峭壁上停留时间太久，他的两条腿开始抖动起来。皮埃罗让杨苍山扶着他，用一条腿站起身来，他用手电不停地搜索姚明手臂能够触及的上方位置。突然，他发现姚明头顶上有一条石缝,大概有半个拳头宽。皮埃罗用手电照准石缝。对姚明说:“把你的左手插进石缝。”

姚明依言行事,把自己的左手掌插进石缝中。皮埃罗点点头:“再把你的左手攥成拳头,攥紧,用力往外拉。”

姚明说:“攥成拳头,哪里拉得出来?”

皮埃罗说:“这就对了, 把你的拳头当成岩塞,一定不要松开,现在松开你的右手,去抓你右上方的那个支点。”

姚明犹豫再三,没有松开自己的右手,他的声音有些颤抖地问道:“能……行吗?”

皮埃罗说:“不管左手的拳头有多疼,千万不要松开,只要你的右手能够迅速抓到右上方的支点,左手就马上不疼了,相信我。”

卡德丽娜在一旁给姚明鼓劲儿:“姚,我相信你可以做到的! Go!”

卡德丽娜的鼓励最终见效,姚明咬紧牙关,攥紧左手拳头,松开右手,身体荡了起来,借着游荡的劲儿,他的右手抓住了右上方凸出的支点,顺利地攀越了这道障碍。

剩下的峭壁上，有很多凸出的支点，姚明已经完全沉浸在英雄拯救金发美女的剧情里，很快地攀上了这道近二十米高的峭壁。峭壁下面的四个人一起为姚明鼓掌。姚明依照皮埃罗的叮嘱，在上面找到一根粗壮的钟乳石，把绳头绕在上面，打了一个皮埃罗刚刚教会他的水手结，把余下的登山绳抛下峭壁。有了绳索，下降器再次大显身手。好在皮埃罗和保罗的上肢都没有受伤，他们两个人自己拉动下降器，安全地登上峭壁。为了避免杨苍山消耗过多体力，皮埃罗没有让他“挂带”独眼云豹一起上，而是先由姚明和卡德丽娜用绳子把云豹拉上去，让杨苍山最后独自一人通过下降器攀登。

此时，杨苍山看了一眼手表，已经是凌晨四点二十五分。

攀越峭壁之后，又是一段下坡路，在下坡路的尽头，遇到了一个“三岔口”。往左的溶洞稍显宽敞，往右的溶洞稍显狭窄。苍山团队在三岔口停了下来，商量着该走哪条路。没有人敢贸然做决定，哪条路往生，哪条路往死，是一次拿生命赌博的抉择。最后，大家同意了杨苍山的建议，点燃一根烟，跟着风向走。

最终，香烟选择了右侧的狭窄溶洞，苍山团队一干人心怀忐忑，再次踏上未知之路。

约莫往前走了三十分钟的路程，温度越来越低，溶洞也越来越狭窄。其中一段溶洞，刚刚够一个人钻过去，有时还需侧身通过。进入这段狭窄溶洞之前，保罗拒绝排在独眼云豹的后面。杨苍山无奈，只好重新编排团队行进的顺序，让保罗在最前面探路。保罗声称自己有伤，不适合承担给团队探路的任务。杨苍山便让卡德丽娜在最前面探路，卡德丽娜虽然面露惧色，但是没有拒绝。在没有人探索过的溶洞里，打头阵探路是一件很危险的差事，专业探险者能够意识到它的危险，业余闯入者能够想象到它的危险。于是，姚明站出来反对，说不能让一个女人打头阵，他主动请缨在前面探路。在未知的地下溶洞里面，最前面的探路者需要勇气和胆识，姚明能够主动承担这个角色，完全是出于要在金发美女面前树立形象的荷尔蒙冲动，这一点，杨苍山心里清楚。但是，姚明在前面探路，就无法再让他牵拉滑雪板。保罗身上有重伤，自己匍匐前进都困难，更不用说牵拉皮埃罗。卡德丽娜是女人，没有牵拉皮埃罗的足够力气，牵拉独眼云豹又有风险。思来想去，杨苍山做了一个决定：姚明打头阵探路，卡德丽娜排第二辅助姚明，保罗排第三，皮埃罗排第四，由自己推着他的滑雪板前进，独眼云豹放在最后面，由他来牵拉。

所有人都低估了这段狭窄溶洞的距离，五人二豹的苍山团队在这段溶洞里匍匐爬行了将近一个小时，居然还没能站起身来。杨苍山从来没有感到这般绝望过，他在心里感叹：地狱不过如此吧。

前面，皮埃罗的滑雪板常常被凸起的钟乳石卡住，皮埃罗会用双臂帮着调整方向，杨苍山只需用臂力往前推送滑雪板，虽说费力气，但尚能承受。身后，独眼云豹的滑雪板被卡住的时候，杨苍山会觉得肩膀上的绳子猛然一紧，接着有一种桎梏般的窒息感。他本可以用脚尖去调整身后滑雪板，但是需要开手电筒照明。为了节省电量，他只好全身发力往前冲，不料这一次脑袋撞到洞壁上，杨苍山忍不住一声惨叫。皮埃罗急忙掏出手电来查看，他大概是误以为独眼云豹咬了杨苍山，却发现杨苍山满脸都是血。原来，先前被保罗滑雪板砸到额头，肿起来的血包被洞壁磕破了，鲜血漫过了杨苍山的左半边脸颊，可他的右半边脸上依旧挂着温暖的微笑，看上去既诡异，又可怜。

爬在最前面探路的姚明突然又叫起来,后面的人都吓了一跳。原来,是他的头灯没有电了。溶洞里的每个人心里都清楚,在这无尽的黑暗里,如果没有了照明,所有人绝无生还之理。皮埃罗打开自己的头灯,摘下来传递给姚明的时候,头灯也失去了所有蓄电量,溶洞再次陷入黑暗。

杨苍山建议大家就地躺下来休息一会儿,吃点食物补充一下热量,他自觉体力已经快透支完了。溶洞里的温度越来越低,他身上的内衣却快被汗水浸透了。此刻停下来,不久,汗水很快变成了冰水,冻得杨苍山上下牙齿开始打战。

全部食物仅剩下三块牛肉干和两块巧克力,黑暗中,卡德丽娜把它们分成五份,用锡纸包裹起来,前后传递给大家。她还不忘了叮嘱大家,吃完后把锡纸装进自己口袋里。姚明对卡德丽娜称赞道:“在这段人类从未涉足过的溶洞里,我们没有留下脚印,也没有留下垃圾。”

皮埃罗偷偷打开杨苍山那一份的锡纸,把自己的巧克力和牛肉干塞到里面,递给了杨苍山。五个人默不作声,躺在漆黑逼仄的溶洞里,默默地咀嚼着一点点无法果腹的食物，不管吃的什么，全然无味。

吃完东西，依旧没有人说话。杨苍山掏出玉溪牌香烟，总共掏出来五支香烟，一齐塞进嘴里点着了，前后传递分给另外四人。杨苍山深吸了一口烟，说道："你们西方人可能觉得这样分烟不讲卫生，但在我们中国，好哥们儿之间才会这样干。"

卡德丽娜问姚明，杨苍山说了什么。姚明说，杨苍山说是把你们当兄弟姐妹，才会把香烟点着了给你们。

杨苍山接着说："大家都不要灰心，最后就算没有了手电，我们还有半包玉溪烟，烟头还有光亮呢，只要有光亮，就有希望。从现在开始，我们要严格控制用手电，只能由打头的人开一支手电筒。好了，休息差不多了，苍山团队，出发！"

保罗很不情愿地交出自己的手电筒，由卡德丽娜转传给最前面的姚明。现在，全队只剩下一头一尾两支手电筒，而且都已电量不足。

前行大约二三十米的距离后，遇见一个能够直起腰来的宽阔空间，大约有七八平方米的样子。苍山团队在这里稍作逗留，除了皮埃罗之外，大家都站起身来，直起腰活动一下筋骨。前方的洞口，看上去还是小得让人绝望。但是，只有钻进去，才有生还的希望。再次上路，皮埃罗要求跟独眼云豹调换一下位置顺序。杨苍山问他为什么。皮埃罗解释说，前面的溶洞不知道还有多长，杨苍山独自又推又拉，体力会很快消耗掉。皮埃罗还说，用双臂推动独眼云豹会省一些体力，自己在杨苍山的身后，可以利用自己的双手调整角度，帮助滑雪板避开凸起的岩石，又能让杨苍山省一些体力。杨苍山听皮埃罗说的话有些道理，便将皮埃罗和独眼云豹的滑雪板调换了位置。如此一来，变成了保罗排在独眼云豹前面，他虽然对豹子心有余悸，但是看到杨苍山这般辛苦，也就不好意思再给他出难题了，只是要求独眼云豹的脑袋向后对着杨苍山，屁股向前对着自己。

接下来的溶洞跟先前那段溶洞差不多，一样的狭窄逼仄，只是向下的角度大了一些，滑雪板往前移动稍微轻松一些。苍山团队大约爬行了四五十米，溶洞的拐弯突然增多了，导致杨苍山的牵拉力量要相对加强。独眼云豹大概是听着杨苍山气喘如牛的呼吸声很不习惯，开始烦躁不安地扭动脖子，嘴巴有时还会撞到杨苍山的脑袋。杨苍山趴在原地喘息了大约一分钟后，再次往前匍匐爬去时，突然感觉肩膀一松，他急忙去抓身后的绳子,却只抓到一根空绳子。杨苍山掏出手电,照向身后的皮埃罗,发现他手里握着一把多功能折叠刀,正是他刚刚割断绳子。皮埃罗眼里含着泪水:“你们走吧,苍山团队现在执行‘皮埃罗规则’,既然规则以我的名字命名,我来做这条规则的第一个执行者,也是上帝的旨意。”

杨苍山说:“不可以,你的状况没有累及团队。而且,这里没有上帝,你的上帝已经抛弃了你,我们只有依靠团队,才能走出地狱。”

皮埃罗摇摇头,坚决不肯再跟着团队前行。杨苍山关闭了手电,对前面的三个人说:“你们走吧,我留下来陪皮埃罗。”

姚明说:“我不走,谁也别想过去,干脆让我们一起留下来陪伴皮埃罗吧。”

杨苍山说:“‘皮埃罗规则’的目的是保护团队大多数人的利益,而你现在的行为恰恰相反,你连累了整个团队陪葬。”

皮埃罗无奈,最终还是重新绑上了杨苍山扔过来的绳子,跟着团队继续前行。

时间大约又过去了一个小时,匍匐前行的苍山团队已筋疲力尽，溶洞非但没有变宽，反而越来越狭窄。打头的姚明用手电照了一下前方，依旧看不到任何希望，他颓然地把头伏在手臂上，不肯再往前移动半步。极端环境里的不良情绪就像是瘟疫，所有人都感受到了姚明的绝望，没有人催促姚明继续往前爬，因为所有人都疲惫至极。杨苍山有一种几近虚脱的感觉，他很想仰面躺下来，但是没有力气翻转自己的身体，只能就地趴在地上，两只眼皮沉沉涩涩的，他任由本能地闭上眼睛，旋即陷入一种半昏迷状态。

杨苍山不知道这样的状态持续了多久，直到被保罗扔过来的笔记本砸中脑袋，才惊醒过来。杨苍山摸到了笔记本，问是怎么回事。姚明告诉他，说是卡德丽娜的建议，让每个人把自己最后的遗言写在笔记本上。杨苍山打开手电，翻看了笔记本最后几页，卡德丽娜、姚明和保罗各自写了遗言。卡德丽娜和保罗写的什么，杨苍山几乎看不懂，他只看了姚明的遗言：一直以来，我都想成为一个用灵魂写作的作家，可我第一次郑重地提起笔，写的却是我的遗书。好在我心仪的女神死在我的脚下，我最好的朋友给我陪葬，我想，我生命最后的旅程应该不会感觉太恐怖。还有，我这辈子最痛恨的一样东西，就是火腿。

大概是受了姚明遗言里“火腿”一词的影响，杨苍山在自己的遗言中写道：亲爱的周璇，很遗憾没有跟你成为一家人。你不知道，我是多么渴望有个家庭、有个老婆、有个孩子。令堂的生日宴，我大概是无能为力了，我买的柴鸡和火腿挂在苍山停车场门卫室的门上，别忘了代我去取。

杨苍山写完自己的遗言，又把笔记本扔给后面的皮埃罗，并举着手电帮皮埃罗照亮。杨苍山发现皮埃罗没有写文字，而是弯弯曲曲画了一幅图，最后在图下面草草写了一行字。因为是遗言，杨苍山没好意思询问皮埃罗画的是什么。五个人写完遗言，仿佛进行了一场接受死亡的终极仪式，心情变得越发沉重和绝望。这一刻，狭促、逼仄、黑暗的溶洞里的时间仿佛凝固了一般，周遭沉静得像是在梦中。杨苍山隐约觉得，这大概就是死亡的开始。原来，死亡可以没有任何痛楚，也没有任何声音。

一阵漫长的沉寂之后，传来卡德丽娜一声轻微的抽泣声。姚明先从死亡的气息里醒过来，他安慰卡德丽娜说：“你爱的人在你脚下，爱你的人在你前面，这样的死亡，也没什么可难过的。”

卡德丽娜哽咽着说：“抱歉！我不是因为死亡而难

过，是我的胃痉挛，肚子疼……”

保罗问卡德丽娜：“你刚才不是吃过东西了吗？”

卡德丽娜没有回应保罗，她断断续续地呻吟着，听上去很像是哭泣。皮埃罗说：“卡德丽娜肯定没有吃，她把自己那份食物给我们吃了。”

杨苍山听完姚明的翻译，禁不住钦佩卡德丽娜的人品。在这条不知道有没有尽头的黑暗溶洞里，食物就像光明一样，有了这两样才可能活着走出去。卡德丽娜把自己的食物让出来，于这黑暗的地狱中，是神一样的胸怀。杨苍山为自己刚才的颓废心生愧疚，就算是苍山团队走不出去，这里是中国，自己是主人，至少得让客死他乡的人们心里多一点儿安慰。念及此，杨苍山脑海里灵光闪现，想起在大学参加合唱团时，演唱过意大利歌剧《图兰朵》中的《今夜无眠》，他便哼唱起这首《今夜无眠》。绝望之时，乡音乡调或许是最好的抚慰，皮埃罗、卡德丽娜和保罗跟着一起哼唱起来。五个人的合唱，无须分音素和音缀，更不用讲究开、合、齐、撮，每个人任意把自己的声量发挥到极致，也足够撼人神魄。

唱完《今夜无眠》，杨苍山又给大家讲了项羽和刘邦楚汉争霸，最后在垓下四面楚歌的故事。保罗说：

“这样一个没有契约精神的帝王，为什么会被你们中国人赞美，看来，你们中国人不讲信誉是有历史传承的。”

这一回，杨苍山没有反驳保罗，他接着保罗的话讲道：“道德感强的中国人都是同情项羽的，刘邦的确开了一个坏头，他成了中国人成功学的典范，但在我的心里，刘邦永远是一个卑鄙小人。”

杨苍山话音刚落，便听到最前面的姚明发出一声惨叫，紧接着传来一声低沉的野兽的嘶吼声，所有人急忙抬起头往前面看过去，只见手电光乱晃，姚明正用手电筒拼命朝前方扑打。杨苍山急忙打开手电，照向前方，只看到两只绿幽幽的眼睛，还有时不时闪现的雪白獠牙，正是另一头愤怒的云豹。突然，杨苍山的手臂一震，手中的手电筒跌落在地。原来，他身前的云豹已经挣脱了脖颈子上的胶带，变得狂躁起来，一头撞掉了杨苍山手中的手电筒。杨苍山急忙抓起地上的手电筒，看到前方的保罗从背包侧兜里掏出一把刀子，递给前面的卡德丽娜，让她传给姚明。姚明腾出一只手，接过卡德丽娜传递过来的刀子，刀子和手电筒一齐对着云豹挥舞，算是暂时镇住了云豹。云豹往后退了两步，蹲下身来，继续对着姚明龇着獠牙怒吼。

前方，一头愤怒的云豹挡住去路，身边，还有一头随时都有可能挣脱捆绑的独眼云豹。在这样狭小的溶洞里，只身匍匐向前已经不易，往后倒退更是不可能。杨苍山心里清楚，即便是能够倒退回去，也是死路一条。大家都已经放弃了往前的念头，只不过是想死得有尊严一些，被云豹咬断脖子的遗容，是每一个死者都无法接受的死相。在电光石火间，杨苍山突然看到了生的希望：云豹从前方过来，证明溶洞确有出口。云豹嗅觉灵敏，大概是为了寻找孩子和伴侣，把自己的嗅觉发挥到了极致，才能寻觅到地下溶洞的进口。因此，此刻只要脱身豹口，大家还是有生还的希望。杨苍山下意识地往腰间摸去，他十分懊悔没有带枪上山。他的手电突然照到了前方保罗的背包，他大声叫着保罗并伸出手。保罗回头看着杨苍山，瞪着一双茫然的眼睛，不知道他问自己要什么。

杨苍山这才意识到保罗听不懂汉语，他急匆匆地对保罗喊道："Backpack! A backpack!"

保罗忍着胸口剧痛，急忙摘下背包，用力扔向杨苍山。背包被低矮的溶洞上方凸出来的钟乳石阻挡了一下，正好落在中间的独眼云豹的背上，狂野的独眼云豹瞬间安静下来。杨苍山看到此景，知道自己的判断没有错，他急忙探身抓过背包，伸手把背包里的小云豹崽掏出来，塞进独眼云豹的怀里。独眼云豹不再挣扎，低下头蹭着颤巍巍的幼崽，眼神里露出慈祥的绿光。

杨苍山屏住呼吸，左手举着手电，右手准备撕开裹缠独眼云豹的胶带。保罗一直盯着杨苍山的一举一动，看到他要松开独眼云豹的胶带，禁不住大声制止道："No!"

皮埃罗和卡德丽娜也看出了杨苍山的意图，两个人的眼神里都满是忧虑。姚明不敢回头，他一手举着刀，一手举着手电筒，对着眼前虎视眈眈的云豹，不知道身后的人酝酿着什么。杨苍山往前看了一眼保罗和卡德丽娜，又往后看了一眼皮埃罗，他想从队友的眼神里寻找到力量，可他只看到忧虑。独眼云豹自顾自地蹭着幼崽，对周遭的人们不屑一顾。杨苍山伸出手轻轻地抚摸着独眼云豹的脊背，嘴里发出"嘘嘘"的安慰声。独眼云豹没有再像先前那般焦躁，这给了杨苍山不少信心，他开始撕扯捆绑独眼云豹的胶带。一道一道，杨苍山轻手轻脚地撕着胶带，一直到解开独眼云豹头上的胶带，取出它嘴巴里的轮滑轴。独眼云豹的嘴巴得以释放，它先是怒吼了一声，吓得杨苍山和保罗双双往后躲避。独眼云豹缓缓站起身来,用嘴巴叼住地上的幼崽,踩着保罗、卡德丽娜和姚明的身体,走到溶洞前方。

姚明大气不敢出一声,一直用手电光照着两只云豹消失在黑暗溶洞的尽头,他才把自己的脑袋重重摔在地上,吁出一口长长的气息。

十一

云豹的到来，给苍山团队再次燃起生的希望，他们继续在黑暗中匍匐往前、往前、再往前。

不知道又过了多久，溶洞变得稍微宽敞起来，但还是无法起身直立行走。大概是断裂的肋骨作痛，保罗实在挨不住匍匐前行，便跪在地上，用两个膝盖和两只胳膊爬行。就在这时，姚明手里的手电再次熄灭，众人的心也随着湮灭的光亮忽悠一沉。杨苍山从口袋里面掏出最后一支手电筒，他心里清楚，这支手电的电量也支撑不过一个小时。也就是说，再过一个小时，他们如果还走不出溶洞，十有八九就会葬身在这地下的黑暗里。杨苍山的想法也是整个团队的想法，皮埃罗感叹一声："是我连累了大家，我现在真的很内疚，警察不让带滑雪板上山是有道理的，马龙峰的悬崖太过陡峭了，不适合高山速降滑雪。”

卡德丽娜安慰皮埃罗：“这不能全怪你，把滑雪板改装成轮滑板是我的主意，再说了，极限挑战不就是要在极端环境里进行吗？”

皮埃罗说：“我深爱极限运动，但是一路上也在反思，如果我们的冒险精神能够多一些理智，多了解一下气象云图，或许就不会遭此厄运了。”

保罗率先崩溃了，他禁不住啜泣起来，并大声斥责杨苍山和姚明：“这不是救援，你们这是把我们送进地狱，是谋杀，我要去控告你们！”

听到保罗言辞激烈，杨苍山估计不是什么好话，便问姚明：“保罗说什么？”

杨苍山连续问了两遍，姚明却说：“我看到了，我看到了，前面好像有亮光。”

这句话不啻兴奋剂，姚明一句话说完，他身后接连传来四声“哎哟、哎哟”，后面四个人的脑袋全磕到了洞壁上。姚明说完，自顾自地往前爬去，已经顾不上问杨苍山要手电筒了。为了搞清楚前方到底是亮光，还是姚明产生了幻觉，杨苍山也没有开手电筒。不多会儿，便听到前方的姚明兴奋地喊道：“是洞口，我们得救啦！”

苍山团队很快爬出最后一段狭窄的溶洞，眼前豁然开阔，而且不远处还有一道微弱的亮光。气温明显越来越低，但是大家都明白，冷说明溶洞到了尽头。众人很是兴奋，杨苍山打开最后一支手电筒交给姚明，大家全力以赴奔着亮光走去。亮光越来越近，一股劫后余生的兴奋情绪笼罩着苍山团队，虽然没有人讲话，可从他们的呼吸声里能感受到欢快的节奏。这个时候，杨苍山突然叫住保罗，在保罗尚未做出反应的时候，一副手铐已经铐住他的双手。众人很是吃惊，保罗更是恼怒，他问杨苍山凭什么给他戴手铐。杨苍山说：“我会指控你涉嫌两项罪名，一是偷捕我国国家一级保护动物罪，二是涉嫌谋杀罪。”

杨苍山指控保罗涉嫌的两项罪名，人证物证确凿，大家无可申辩。苍山团队即将逃离地狱的兴奋感，旋即被罩上了一层阴影。众人沉默下来，杨苍山突然听到一种类似水流的声音，他疑惑地问了一句：“Water?”

卡德丽娜说是，她也听见了流水的声音。于是，众人急匆匆朝着水流的声响走去。突然，走在最前面的姚明停了下来，大家聚集到姚明跟前，看见眼前是一个近二十米宽的水潭，水潭上面结了一层薄薄的冰。之所以说是薄冰，是因为水潭的中央部分没有冰，而是黑黝黝的潭水。姚明用手电照向两侧，发现冰潭边缘既光滑又陡峭，绝无可能通过。杨苍山伸出登山杖，戳破冰层，探下登山杖直到淹没自己半条胳膊，还没有探到底儿。杨苍山问皮埃罗："如果在水潭上面拉一条登山绳，大家可以通过吗？"

姚明把杨苍山的话如实翻译给了皮埃罗，皮埃罗说："完全可以，利用下降器横向通过绳索，比上升容易得多。"

杨苍山听罢，便开始脱衣服，他把脱掉的警服棉衣和裤子交给姚明："记得给我带过去，不然，我一会儿出去就冻成冰棍了。"

姚明看了一眼冰潭，不无担心地问道："这么冰的水，你能行吗？"

皮埃罗说："稍等一下，对面似乎没有钟乳石固定登山绳，你带上两枚岩塞，找到石缝塞进去。"

皮埃罗问保罗要过两枚岩塞，拉起岩塞两端，岩塞变成一根直条，松开手的时候，岩塞两端被弹簧自动弹出来。皮埃罗让杨苍山拉动岩塞，感受一下固定原理，并对他说："就像姚明把手掌伸进石缝，然后握紧拳头，是一个道理。"

保罗用一双戴着手铐的手拉住杨苍山，告诉他下水之前先做热身，趁着血液充满毛细血管的时候，赶紧游过去，不要在水中停滞。杨苍山知道这些家伙的户外经验丰富，听他们的肯定不会错，便在原地做连续的下蹲起，而后又趴在地上做了三十个俯卧撑。趁着杨苍山热身的工夫，皮埃罗在登山绳一端打了一个渔夫结，把岩塞拴在绳子上。他把另一枚岩塞交给杨苍山，说是最好再找一条石缝，做两个固定点。杨苍山点点头，接过岩塞，用牙齿咬住岩塞末端的钢丝绳。保罗走过来，把带着岩塞一端的登山绳系在杨苍山右脚脚踝上，他用双手拍了拍杨苍山的肩膀说："尽量不要潜泳，把脑袋保持在水面以上，上帝保佑你！"

忽然，卡德丽娜走上前去，张开双臂拥抱着杨苍山，用中文对他说："谢谢，上帝保佑你，杨。"

杨苍山拍了拍卡德丽娜的后背，伏在她耳旁轻轻地说："上帝就是我们自己，苍山团队。"

姚明也学着卡德丽娜，走上前来拥抱杨苍山。杨苍山说："把我刚才说的话，翻译给你的金发美女听。"

姚明说："你趴在她耳朵边说得跟情话似的，我没有听见。”

杨苍山一拳打在姚明的胸口上，微笑着走进冰潭。潭水冰凉刺骨，杨苍山采用自由泳的姿势，挥出手臂的同时，正好砸开前方的薄冰。卡德丽娜拎着登山绳的另一端，站在冰潭边上，看着杨苍山游动的距离，一圈一圈不断地放着手里的登山绳。卡德丽娜问姚明，杨苍山刚才对她说的那句话是什么意思。姚明说："他说，我们才是自己的上帝。"

二十米的水面，杨苍山很快游到了对岸，待他艰难地爬上潭边时，才发现系在脚上的绳子不见了。杨苍山终于在他的笑脸上拧出一个八字眉来，他摇一摇头，准备再次下水。姚明一直用手电照着杨苍山的行踪，发现他行为有些异常，便大声问道："怎么回事？"

杨苍山把嘴里咬着的岩塞放在潭边的石头上，对姚明说："脚上的绳子不见了。"

保罗制止了杨苍山下水，他拉动水里的绳子，说是可以把绳子收起来再扔到对岸。可是，保罗刚刚说完，水里的绳子就绷直拉不动了。保罗很是沮丧："岩塞可能是被石缝卡住了。"

因为寒冷，杨苍山已经浑身颤抖了，他急忙站起来做下蹲起，接着又开始做俯卧撑。冰潭对面的四个人也是一筹莫展。杨苍山感觉身上不再哆嗦了,便冲着对岸喊道:“别灰心,我水性好,一个猛子下去……就能把绳子捞上来。”

说罢,杨苍山再次下到冰潭里,咬紧牙关一个猛子潜了下去。他想趁着身上还有点热乎劲儿,赶紧把绳子捞上来。冰潭里一片漆黑,杨苍山在水下虽说睁着眼睛,却什么都看不见。他只能在水中大幅度摆动四肢,希望能够触碰到绳子。此刻,冰潭旁边的四个人,简直是度秒如年,他们能够想象到置身刺骨冰潭的黑暗里是什么样的滋味儿。约莫过了一分钟的时间,杨苍山浮出水面。姚明的手电光打在杨苍山的脸上,他的脸苍白得如同苍山之雪,头顶上却冒着蒸蒸热气。刚才,保罗叮嘱杨苍山尽量不要潜泳,意思是不要让冰水淹没脑袋,因为头顶是人体散热最快的地方。把脑袋浸在冰水中,很容易导致人体迅速失温,进而威胁生命。

杨苍山缓了一口气,用颤抖的声音说:“把……把……把绳子……拉紧,我才……才能摸到。”

保罗觉得杨苍山说得有道理,赶紧拉紧手里的绳子。杨苍山往前游动了几下,在更接近登山绳的地方潜了下去。这一次,杨苍山摸到了绳子,他拽着绳子一直往水深处潜去，终于摸到了登山绳末端的岩塞。杨苍山用力拉动岩塞，却不见丝毫松动。他又试着往反方向拽拉，岩塞还是没有松动。有一点，杨苍山心里清楚，他已经没有第三次下潜的能力和体力了，所以，这一次一定要把绳子捞上来。此刻，杨苍山有几个不好的感觉：一是觉得肺里的氧气消耗殆尽；二是觉得体力不支；三是感觉大脑渐渐模糊起来……寒冷的冰水正在让杨苍山渐渐失去知觉，他已经停下了摆动的四肢，觉得眼前似乎不再黑暗，出现了躺在雪地里的老黎，正举着猎枪对准蹒跚而去的独眼云豹，因为麻药的作用，云豹的前腿打了一个趔趄，歪歪斜斜地跪倒在地上，旋即又挣扎着爬起来，继续往前走去……老黎叹一口气，垂下举着猎枪的胳膊，任由独眼云豹离去。杨苍山此刻方才明白：老黎心里有一份对人类以外其他生命的体谅。

突然，杨苍山在水中打了一个激灵，他想起皮埃罗教他使用岩塞的方法，急忙摸到岩塞，并摸到了岩塞的扩撑拉环，稍一用力拉动拉环，岩塞便从石缝里拔了出来。杨苍山抓着岩塞，拼尽最后的一口气上浮出水面，游向对岸。

看到杨苍山再次浮出水面，岸上的四个人长舒了一口气。杨苍山在姚明的手电光里，缓慢地、颤抖着、四肢并用爬出冰潭，他捡起地上另一枚岩塞，继续用牙齿咬住。他清楚自己已经无法站立起来，便跪在地上，用四肢往前爬着，并在地上寻找着石缝，一条可以固定岩塞的石缝。冰潭对岸的四个人全都屏住呼吸，甚至没有人张嘴问询一下杨苍山“怎么样了”，他们仿佛都在担心，担心一个声音就会让孱弱不堪的杨苍山倒下。

杨苍山终于看到一条石缝，他颤巍巍地爬到石缝前，心里默念着皮埃罗教授他使用岩塞的方法，把第一枚岩塞塞进石缝。接着，他又在旁边找到第二条石缝，从嘴里取出第二枚岩塞，插进石缝。然后，杨苍山把连接登山绳的一段分接绳抓过来，用不停哆嗦的双手费了很长时间，才把分接绳穿过岩塞的钢丝环，并用了皮埃罗教他的渔夫结，把分接绳和第二枚岩塞绑定。杨苍山再也撑不下去了，他扑倒在地上的时候，冰潭对面的四个人才发出一声惊呼。姚明的手电筒光柱一直打在杨苍山身上，突然，大家看见杨苍山缓缓举起他的左手，五个手指半握着，打出一个“OK”的手势。杨苍山的手冻僵了，手指已经伸不直了，“OK”的手势跟他去年冬天在兴盛大桥上比画自慰的手势如出一辙。

卡德丽娜是第一个通过登山绳横跨冰潭的，她解下腰上的下降器，先扑向杨苍山。卡德丽娜脱掉冲锋衣，给杨苍山裹在身上，然后紧紧地把他抱在怀里，想把身上的体温传导给杨苍山。保罗拉动下降器上的细绳，把下降器拉回对岸，接着，皮埃罗和姚明通过冰潭。保罗是最后一个通过冰潭的，他把独眼云豹的滑雪板拴在自己腰上。虽然戴着手铐，却一点儿没有妨碍双手拉动下降器的技术动作，保罗最终也顺利过了冰潭。

姚明、卡德丽娜和保罗三个人全扑在杨苍山身上，用力地揉搓他的四肢。在微弱的手电筒光照下，杨苍山面如白雪，额头上的血包还在微微往外渗血，但脸上依旧保持着微笑。皮埃罗说："杨肯定不会有事的，他还在笑。"

姚明说："他就算是被装进了棺材，也还会是一副笑模样的。"

十几分钟过后，杨苍山才渐渐缓过劲来，他睁开眼睛的时候，正好看见不远处并排躺着的皮埃罗，两个人相视一笑。看见杨苍山醒来，众人才长吁一口气。

手电筒已经彻底没电了，姚明掏出杨苍山口袋里的半包玉溪香烟，学着杨苍山的样子，抽出五支香烟塞进嘴里，一同点燃后再分给大家。杨苍山狠狠地嘬了一口：“我以为……我再也抽不上这口了呢。”

保罗站起身来，朝着亮光的方向走过去，他要去溶洞口探探虚实。十多分钟后，保罗返回来了，说的确是溶洞的出口，但是有一段小的陡坡，只要小心一点儿，就可以安全下去。

十二

杨苍山是被武警硬生生按在担架上，抬到救护车跟前的。十几辆救护车一字排开，医生一边给他包扎额头，一边给他做心电图等各种体检。杨苍山掏出口袋里的玉溪香烟，发现只剩下最后一根了，他仔细捋了捋皱皱巴巴的香烟，才慎重地点燃。

溶洞的出口距离停车场有五公里左右的路程。苍山团队刚刚走出溶洞，卡德丽娜便指着不远处的一块巨石，喊道："Look at that!"

众人顺着卡德丽娜手指的方向望去，只见两只云豹静静地蹲在巨石上，正与苍山团队对望着。看到人类后，独眼云豹似乎又变得不安起来，它起身叼起身边的幼崽，同它的伴侣一前一后走进密林中。

望着云豹渐行渐远的背影，杨苍山突然觉得轻松起来，是一种完全放下的轻松。三年来，他一直以为杀死云豹，为老黎报仇之后才能让自己得以解脱。可当他自以为杀了云豹之后，才开始真正面对自己，当面对真实的自己之后，他非但没有解脱，反而心情更加沉重了。直到两入石窟救出独眼云豹母子，然后将其放生回归森林，他才从内心得到救赎。云豹之所以能咬死老黎，杨苍山要承担大半责任，也许正是害怕面对自己的责任，所以只能越发仇视独眼云豹，这就是可鄙的人性。由此可见，仇恨是一个时间越久越紧的枷锁，埋在心里越多越会让人窒息，处心积虑的复仇是无法真正解脱的，爱和体谅才是突破桎梏的钥匙。

苍山团队相互搀扶着下到悬崖下面，姚明发出一声开心的欢呼，他指着一条峡谷里的武警喊道："救援队！救援队！"

杨苍山走到保罗跟前，掏出钥匙给他打开了手铐，保罗很是吃惊，不解地看着杨苍山。杨苍山苍白的脸上挂着笑意，指着云豹消失的方向，对保罗说："物证消失了，我决定撤销对你偷捕国家一级保护动物罪的指控。"

保罗似乎不敢相信："不是，不是还指控我谋杀罪吗？"

杨苍山笑着对众人说："我担心他们拒绝做人证。"

姚明、卡德丽娜和皮埃罗一起点头，表示拒绝。

保罗显然有些激动，他紧紧拥抱了杨苍山："请原谅我对你的不信任。"

苍山团队的五个人被地毯式搜山的武警塞进担架，抬下了山。

天气尚未好转，大雪还在下。杨苍山抽着烟，望着远处正在集结准备撤退的武警战士，还有从山上下来的警察和民间救援团队。杨苍山叹了一口气，从这个场面就明白了，小左、小陈以及自己的同事们昨晚肯定倾巢出动了。一位医生转过头来，发现杨苍山正在抽烟，马上提出制止。杨苍山没有把香烟掐灭，而是拔掉身上的各种管子，他看了一眼手表，时针指向是上午九点四十五分。杨苍山溜到停车场的门卫室，发现自己的柴鸡和火腿已经不见了，他推开值班室的门询问保安，保安从床底下拖出柴鸡和火腿，对杨苍山说："我还以为有人给我送礼呢。"

杨苍山拎着柴鸡和火腿，在山路上拦了一辆摩的，直奔周璇家。半路上，周璇就给杨苍山打来电话，问他怎么还不去做菜。杨苍山说出了一点儿小问题，昨晚上苍山救援了，黄焖鸡还没有腌制好，干脆改松茸煲鸡汤吧。对于上苍山救援这事儿，周璇已经习以为常了，她对杨苍山说，这是你的工作没办法，鸡汤就鸡汤吧。

路过一家户外用品店，杨苍山让摩的师傅停一下，他走进去买了一顶深颜色的棒球帽，很像是警察作训服的帽子，遮住他缠着绷带的脑袋。十点半，杨苍山准时赶到了周璇家，这个时候，已经有客人陆陆续续上门了。杨苍山一头扎进厨房，开始操练起来。一夜未睡，几经生死，杨苍山实在疲劳至极。在等待煲汤的时候，他趴在切菜板上睡着了。周璇推门进厨房，发现鸡汤沸出来浇灭了灶火，一屋子都是液化气的味道。周璇费了半天劲儿才把杨苍山叫醒，误以为他煤气中毒，差点打电话叫救护车。饭点儿到了，周璇妈妈招呼客人准备开饭的时候，杨苍山只鼓捣出半锅鸡汤来。周璇急忙出来打圆场，说是液化气灶坏了，临时改去大酒店开寿宴了。周璇妈妈临出门时，用失望的眼神看了一眼衣衫不整又一脸疲惫的杨苍山，不温不火地说:“进屋后要脱掉帽子,这是居家礼仪。”

杨苍山微笑着回道:“我今天的角色是厨师,厨师都得戴帽子,防备头发和头皮屑掉进菜里面。”

周璇觉得杨苍山没有把菜做出来,还要跟妈妈顶嘴,对他很是失望。所以,她没有主动要求杨苍山一同去酒店,杨苍山也就乐得回家睡觉了。这一觉,杨苍山睡了整整一天一夜,中间只被尿憋醒过一次。

周一上午,杨苍山是被小左的砸门声吵醒的。杨苍山醒来后,第一感觉是疼痛,浑身上下就像是散了架一样。第二感觉是模糊,因为此前一天一夜经历了太多,他模糊自己此刻究竟身处何方。小左进门后,看见杨苍山一副失魂落魄的微笑样子,便对他说:“晨会点名没看见你,易局长正发火呢。”

杨苍山还沉浸在自己的模糊意识里,随口问了一句:“易局长发什么火?”

小左说:“前天晚上苍山救援,折腾这么大的动静,你下山后躲起来不向组织汇报,搞得局领导很恼火,而且埋怨你不该伸头,应该在第一时间报110,地方公安才是救援主力,我们森林警察只是协助……”

杨苍山木讷地微笑着:“哦……”

三年之后。

最终,杨苍山没有搞定周璇,没有搞定周璇的原因是没有搞定周璇的妈妈。周璇妈妈的生日寿宴做砸了之后,两个人的感情走势急转直下。杨苍山觉得自己已经尽力了,他不想再委曲求全,这段感情就画上了句号。

三年来,杨苍山还像往常一样,脸上挂着永恒的微笑,每天穿戴整齐的警服,把制式皮鞋擦得锃亮鉴人,然后步行去上班。走在街上,认识他的人逐渐多了起来,跟他打招呼的人,基本上都是在兴盛大桥围观他救白衣妇女的人。关于苍山救援的事情,因为缺少围观条件,几乎没有人知道这件事。就算是知道这事儿的人,因为跟自己无关,历经三年时间也早已遗忘。非要说一个变化,那便是杨苍山的烟瘾越来越大了,原来每天顶多抽半包烟,现在一天抽两包。大理人有个习惯,见人先递烟,几乎成了男人的见面礼仪。男人聚在一起,话题海阔天空,但是杨苍山从来不聊那天晚上的经历。那一夜的经历,在杨苍山身上留下两个痕迹:一是额头上的一块疤痕;二是深夜常常从睡梦中惊醒,梦里不是被雪崩冲进石窟,就是在黑暗的冰潭里窒息淹死。

姚明还在姚记火腿铺子继续卖着火腿，读着书。他唯一的改变是皈依了天主教，之所以皈依天主教，是因为卡德丽娜脱险下山后，把自己随身戴的十字架项链送给了他。关于金发女郎卡德丽娜，姚明继续在自己的想象中将其虚化，乃至神化。三年之后的卡德丽娜，在姚明的心里已经成为一个神迹，他觉得一切都是神的安排。神安排卡德丽娜在他生命里出现了两次，第一次送了自己一本书《情感的迷惘》，第二次送了自己一次历险。因为自己资质愚钝，尚不能参透神的最终用意，所以，卡德丽娜才把自己佩戴的十字架送给他。于是，姚明买了一本《圣经》，为了让自己尽快领悟神的旨意，这回他没有难为自己买纯英文版，而是买了一本中英文对照的《圣经》。三年来，他在火腿铺子里潜心研读《圣经》，对里面的故事深信不疑，执着地认为圣灵必然降临，末日到来之时，所有肉身都将接受耶稣的审判。

上个月，姚明去大理古城闲逛，在一个卖工艺品的小店里，发现一大束十分眼熟的十字架项链，跟卡德丽娜送给自己的项链十分相似。他不甘心，把自己戴的那条项链拿出来比对，居然是一模一样的东西。

姚明问店老板，这是从意大利进口的吗。店老板是东北人，一张嘴都是大楂子味儿：“拉倒吧你，二十块钱的玩意儿从意大利进口，你出运费啊。”

下班时间到了，杨苍山刚刚走到大门口，手机铃声就响了，他一看是办公室电话，就挂掉手机，仰着脖子冲着四楼的办公室嚷嚷了一嗓子：“什么事儿？”

小左拉开窗户说：“有一个你的传真。”

传真是英文的，杨苍山只看懂了有几处是他的名字的英文拼写，还有“警察、卓越、荣誉、英雄”等几个单词。他起初有点怀疑，怀疑这封传真是不是类似于手机上的垃圾短信。后来，他看懂了一个单词：意大利。

杨苍山走进姚记火腿铺的时候，姚明正在砧板上写着什么。杨苍山凑近一看，发现他写的全是英文。杨苍山问姚明写的是什么。姚明说他在写作，用英文写作。杨苍山问姚明：“这个世界上，有不用母语写作的作家吗？”

姚明说：“有一位，爱尔兰作家塞缪尔·贝克特，1969年诺贝尔文学奖得主，他的母语是英语，中年之后便开始用法语写作,《无名者》《莫洛伊》《马龙之死》都是他的法语作品。”

杨苍山叹了一口气:“我算是看出来了,你这辈子应了一句古语。”

姚明问:“什么古语?”

杨苍山说:“不难为死自己,毋宁死。”

与三年前相比较,姚明的英语的确大有长进,他用了不到十分钟,在《英汉词典》上只查阅了一个单词,就把传真电文翻译完了。姚明说:“恭喜你,获奖了。”

杨苍山问道:“是意甲足彩吗?”

姚明说:“是银普莱格奖。”

杨苍山说:“银普莱格奖是个什么玩意儿?”

姚明说:“就是三年前,咱们上苍山救皮埃罗和卡德丽娜那个事儿,意大利给你发了这个银普莱格奖,还邀请你去意大利领奖呢,食住行加来回机票全都报销。”

杨苍山问道:“只邀请我一个人去领奖吗?为什么没有你?”

姚明说:“应该是卡德丽娜跟他们提过我了,说我是一个淡泊名利的读书人,不好此道。”

杨苍山还是有些疑问："银普莱格奖到底是个什么奖……"

姚明提起笔来，准备继续他的英文写作："大概就是意大利的见义勇为奖。"

杨苍山的笑脸更大了："那肯定会发奖金喽。"

十三

在北京国际机场，大理的姚明遇见了上海的姚明。大理的姚明作为翻译，陪同杨苍山前往意大利的皮诺罗市领奖。上海的姚明作为NBA火箭队的球员，返回休斯敦参加2007—2008的新赛季。大理的姚明主动要求与上海的姚明合影，虽然此姚明的身高只到彼姚明的腰，但是两个姚明笑得都很开心。

杨苍山费了很大力气，才说服老姚，让姚明跟他一同去意大利领奖。杨苍山觉得，姚明本该享受这份荣誉，他还给姚明垫付了机票钱，说是等发了奖金，再从奖金里面扣除。在飞往罗马的飞机上，杨苍山对姚明说："如果银普莱格奖只颁授给我，奖金就全部归你。"

姚明没有答应，他觉得自己只是一个配角，在那次苍山救援中，他得到了神的启示和卡德丽娜的垂青，已经非常满足了。意大利之行，能够让他如此近距离地接近天主，更是自己的无上荣光。争论来争论去，奖金的分配方案是：刨去姚明来回的机票钱，还有两个人此行的所有开销，剩下的钱一人一半。

邻座的乘客，听到这两个中国人一路上都在商量如何分钱，下飞机的时候不免多看了他们一眼，似乎怀疑他俩是来罗马抢劫的。

银普莱格奖组委会秘书长亲自到机场迎接杨苍山和姚明。与秘书长一起来的还有一位中年女士，这位女士主动上前拥抱了杨苍山，她说她是班花的朋友，也是皮埃罗的母亲，特意来向杨苍山表示感谢的。杨苍山询问皮埃罗怎么样。皮埃罗的母亲说，儿子三年前腿伤愈合后就辞职了。杨苍山问道："皮埃罗去做职业登山家了吗？"

皮埃罗的母亲说："皮埃罗去了国外，专门学习汉语了，等你再次见到他的时候，他会用中文跟你交流的。"

杨苍山在飞机上憋了老半天，下飞机后急忙掏出香烟，随手递给秘书长一支，秘书长不抽烟，微笑着婉拒了。杨苍山和姚明都是第一次出国，按捺不住的兴奋写在脸上，看什么都新奇。走进下榻的酒店，姚明略感失望，酒店的大堂与洱海大酒店的大堂没法比，跟大理那些经济型小酒店的大堂差不多。秘书长让服务生把行李送进房间，并给两个人递过来两张房卡，便与皮埃罗的母亲告辞了。在电梯间里，姚明问杨苍山："传真邀请函里说了，你那间房是免费提供，我这间房会不会收费？"

杨苍山说："收费也没关系，从奖金里面扣掉就是了，我在考虑的是，两间房是不是一会儿要给服务生两份小费呢？"

酒店的大堂虽然小，可房间很舒服，比洱海大酒店的房间还要奢华，不仅有水果和酒水，还有鲜花和中文致辞，上面写着欢迎来自中国的英雄杨苍山。最让杨苍山和姚明吃惊的是，酒店的一面墙上挂着一幅巨大的喷绘图片，正是他们熟悉的苍山洱海远眺图。图片的旁边是一个放行李箱的木架，木架上放着一捆登山绳，绳子上放着很多岩塞、快挂、铁锁等登山和攀岩用的器械。杨苍山和姚明盯着这堆物件，禁不住心里感慨万千。这时候，服务生询问还有什么需要。姚明用英语回复说，没有需要了。服务生退出房间关门之前特意叮嘱两个人，说水果和酒水都是免费提供的，请他们尽情享用。

姚明嘟囔道："意大利人没什么人情味儿，也不知道给咱们接风洗尘，请咱们去大吃一顿，却在房间里搞这些名堂，让人心里感觉怪怪的。"

杨苍山说："估计来领奖的人太多了，秘书长忙不过来吧。"

话音未落，房间里的电话铃声响起，杨苍山坐在电话机旁边，顺手抓起电话来接听："请问你找谁？"

电话里居然传来一个说中文的声音："杨先生，您好！我是酒店的服务生，我想询问一下，您和姚先生是在酒店里用餐，还是想去外面用餐？"

杨苍山琢磨着，组委会承诺提供自己食住行，在酒店里用餐应该是组委会付账，如果出去用餐肯定是自掏腰包。于是，杨苍山对着电话说道："我们在酒店里用餐。"

服务生接着又问："请问杨先生，您是去酒店餐厅用餐，还是在房间里用餐？"

杨苍山犹豫一下，说道："我们飞了一天，累了，就在房间里用餐吧。"

服务生说："好的，请您稍候，您的餐饮一会儿由厨师给您送到房间。”

杨苍山放下电话，对姚明说：“普通话说得这么好,该不会是酒店专门为咱们俩配了一个会讲普通话的服务生吧？”

不一会儿工夫,门铃响起,姚明前去开门,只见一名戴着白厨师帽的厨师,推着一辆很大的餐车走进房间。餐车中央是一个蛋糕,蛋糕上点着五颜六色的蜡烛。厨师进房间后顺手关掉了房间的灯,在他身后又进来了两名厨师,一人手里捧着一只冰桶,里面放着一瓶香槟酒;另一人端着一只银色餐盘,里面摆满餐刀餐具餐巾筷子和高脚杯。推着餐车的厨师说:“祝两位晚餐愉快！”

杨苍山盯着蛋糕,问道:“我们俩不过生日,为什么送我们蛋糕？”

厨师笑着说:“不一定非得过生日才能吃蛋糕,在我们意大利,庆祝节日、纪念日、好友相聚,都会吃蛋糕的。”

杨苍山琢磨着,自己跟这些内容都不沾边,觉得可能是意大利人的迎宾礼节。厨师摆弄几下餐车,就把餐车变成了一张餐桌,另外一个厨师在餐桌上摆上餐具和香槟酒杯,用生硬的中文问杨苍山:“我们……

我们三个人可不可以，跟你们一起用餐？”

杨苍山觉得这三个厨师很好玩，就满口答应：“可以啊，人多吃饭热闹。”

三个厨师一听，放下手里的器具，便开始脱衣服、摘帽子，一副要坐下来大吃大喝的样子。杨苍山和姚明不由得暗自纳闷：难道意大利人都是这样的性格吗？

看着看着，杨苍山不由得大叫一声：“皮埃罗……”

没错，三位厨师就是皮埃罗、卡德丽娜和保罗。五个人再次抱成一团，禁不住眼眶湿润起来。苍山团队三年后再聚首，五个年轻人有说不完的话。杨苍山拿出玉溪牌香烟，从里面抽出五支香烟塞进自己嘴里，点着了再一一分给大家。杨苍山把留在心里三年的一个疑问提出来：皮埃罗在溶洞里的遗言画的是什么图？

皮埃罗笑着说：“是根据我的记忆，画了一幅石窟进入溶洞的地图，希望能够为后来的探险者提供一些帮助。”

杨苍山朝着皮埃罗伸出大拇指，赞叹道：“人生的最后时刻，心里惦记的居然是素不相识的探险者，这才是心中有大爱的人。不像我，最后惦记的是柴鸡和火腿。”

大家在房间里吃完蛋糕喝完酒，卡德丽娜建议一起去罗马街头走一走，众人一致同意。

站在街头，卡德丽娜问杨苍山和姚明想去哪里转转。姚明说想去看看天主教堂。杨苍山问姚明，你非得活得这么深刻吗。姚明说：“不是我深刻，是我终于找到了心灵的归宿，那种归属感你是无法想象的，不信你可以问问卡德丽娜。”

卡德丽娜急忙摆手，讪笑着说：“不要问我，我现在正在写一本质疑宗教信仰的书。”

姚明大吃一惊：“啊，你不信上帝了？”

卡德丽娜说：“我怀疑的不仅仅是上帝，你们中国历史上北魏时期的灭佛运动，释迦牟尼在哪里？纳粹在‘二战’时期疯狂屠杀犹太人，上帝在哪里？伊斯兰极端组织在无辜的人群里把自己作为人体炸弹的时候，真主在哪里？我们在苍山身陷绝境的时候，天主又在哪里？”

听了卡德丽娜的诘问，大家一起沉默了。姚明说：“也许，正是天主的引导，我们才从溶洞脱险的。”

卡德丽娜摇了摇头，笑着说：“不是天主，是杨苍山，是他带着我们走出绝境的，所以，我认同杨先生的观点，上帝就是我们自己。”

颁奖仪式是在阿尔卑斯山脚下的皮诺罗市，第二天，秘书长亲自驾车，载着杨苍山和姚明前往皮诺罗市。路上，秘书长介绍了银普莱格奖，说这是一个国际奖项，也叫阿尔卑斯山国际团结奖，专门为世界各地国际救援活动中做出突出贡献的人设立的奖项，每年评选一次。

车子进入皮诺罗市区后，姚明看到街道两旁悬挂着中国和意大利国旗，他对杨苍山说：“你沾了国家领导人的光了。”

杨苍山进入会场后，发现中心台前悬挂着中国和意大利国旗，让杨苍山顿感局促：是哪位国家领导人出访意大利，我不能跟着沾这么大的光，这可是誉不配位啊。

不一会儿，一位白发老者和一位政府官员模样的人走上前台。秘书长小声对杨苍山介绍说：“前面的老者是银普莱格奖组委会主席高里奥·比勒利先生，后面的是皮诺罗市的市长，他们两位是今天为您颁奖的嘉宾。”

杨苍山小声问道:“其他获奖人呢?”

秘书长说:“抱歉!刚才忘了补充一条,银普莱格奖每年在全球只评选一位获奖者,您是今天唯一获奖人……”

杨苍山的脑袋嗡的一声响,瞬间觉得有些眩晕:“这里……刚才路上的中国国旗,都是因为这个颁奖?”

秘书长说:“当然是了,您不仅是中国的第一位获奖者,也是亚洲第一位获此殊荣的人。”

杨苍山说:“我……我还以为是一大拨人的见义勇为奖……不行,我得给我们领导请示一下。”

当杨苍山从高里奥·比勒利主席手中接过奖牌的时候,情绪才算镇静下来。秘书长把话筒交给杨苍山,杨苍山看了一眼姚明,他刚才已经向姚明交代了:“一会儿肯定要发表获奖感言,我要是说飞了,你得给我圆回来。”

姚明说:“放心吧,我就是来给你兜底的。”

杨苍山既兴奋又紧张,刚才打电话请示领导的时候,易局长也不知道银普莱格是个什么奖,但他还是作了一些指示，易局长说："全世界就评了你一个人获奖，说明你是个大英雄，欧洲人崇拜英雄，所以，你就要拿出英雄的气概来。关于讲话嘛，你就实话实说，上苍山救人这种小破事儿，咱们大理的警察天天都在干。"

银普莱格奖组委会主席高里奥·比勒利给予了杨苍山极高的评价，姚明一边给杨苍山翻译，一边点评道："意大利人夸人夸得真够狠的。"

在姚明翻译的高里奥·比勒利主席的颁奖致辞里，杨苍山只听进去一句："即便是在生死存亡的时刻，即便是在人性挣扎摇摆的夜晚，杨苍山先生依旧有勇气用他包容的微笑面对这个世界的黑暗……"

杨苍山已经顾不上陶醉于主席给他的溢美之词，他正在心里打获奖感言的腹稿。杨苍山心里明白，他今天代表的不仅仅是自己，而是代表中国警察的形象。杨苍山接过秘书长递过来的话筒，他清了清嗓子，开始了他的获奖演讲："各位来宾，各位朋友，大家好！"

姚明在一旁翻译道："女士们，先生们，下午好！"

杨苍山接着说："第一次在这么重要的场合讲话，我有些紧张，我只不过是一个普普通通的中国警察，我做的事情也都是我的本职工作。”

姚明接着翻译：“请原谅我没有做任何演讲的准备，包括获奖感言。因为，在此之前，我不知道一个普通的中国警察，他做的一件普通的事情，能够享受到如此巨大的荣誉。”

杨苍山：“我之所以能够得到这个奖，跟我们单位领导多年的关怀、培养是分不开的，所以，这个奖也属于他们。”

姚明白了杨苍山一眼：“所以，这份荣誉不仅仅属于我，他也属于我的朋友姚明，属于整个苍山团队，属于千千万万像我一样的中国普通警察。”

杨苍山：“助人为乐是中国人的优良传统，有朋自远方来，不亦说乎，中国人的热情好客，想必去过中国的意大利朋友都已经感受到了。”

姚明：“我无比坚信，我的那些同事，在遇到下一个皮埃罗的时候，无论他的国籍、他的肤色、他的性别、他的信仰，他们都会做得比我更优秀、更出色、更无私。”

杨苍山：“最后，欢迎朋友到大理做客，我愿意为朋友尽地主之谊，谢谢大家！”

姚明：“当我们的亲人不在身边，当我们的国家遥不可及，当我们的信仰无能为力的时候，只要我们在团结、友爱、体谅、互助的旗帜感召下，我们的手就会握得更紧，我们的心就会走得更近，我们终会成为自己的上帝！”

姚明翻译完毕，全场爆发出热烈又长久的掌声。杨苍山疑惑地看了一眼姚明，小声问道：“我说的言简意赅，你怎么翻译出来那么多话？”

姚明一边跟着鼓掌，一边小声回复说：“翻译本来就是二度创作，其实，我翻译出来的，不及你做到的万分之一。”

杨苍山还是有些质疑：“我刚才好像听到你提自己的名字了。”

姚明说：“你听力有毛病。”

在回国的飞机上，杨苍山把自己的笑脸硬挤出一丝歉意，对姚明说：“兄弟，很抱歉！我问秘书长了，银普莱格奖没有奖金。”

姚明的情绪有些低落，他白了杨苍山一眼：“你还真觍着脸问奖金的事了，你那获奖证书上不是写得明明白白，银普莱格奖是一项不含任何奖金的终身荣誉奖……”

杨苍山说:“那你怎么不早告诉我,害得我丢丑现眼……你是为这个事儿不开心吗?”

姚明摇了摇头,叹口气说:“三年来,我一直想用英文为卡德丽娜写本书,半年前,我开始动笔了,主要写卡德丽娜如何引导我走近上帝,其中也有一些我读《圣经》的感悟和心得。可谁知道,卡德丽娜也在写作,内容却是质疑她曾经给我的信仰。”

杨苍山听到这里,已经笑得直不起腰来,他抓着姚明的胳膊说:“兄弟,咱不写书了,就好好地读书,好好地卖火腿,行不行?”

本作品取材于真实人物事件，创作中进行了艺术加工。

杨纯，现任云南大理州森林公安局局长，因2004年1月14日，在大理苍山救援意大利公民皮埃罗·柯斯塔一事，于2007年9月22日，被意大利皮诺罗市银普莱格奖组委会授予第三十六届银普莱格奖(国际阿尔卑斯团结奖)。他是第一个获此殊荣的中国人，也是第一个获此奖项的亚洲人。